VERLIEBT AUF SYLT

BAND 2:

Syltseeglück

Impressum

1. Auflage, 2024

© Michelle Schrenk, Vogelbeerweg 16, 90584 Allersberg
michelleschrenk@googlemail.com

Lektorat & Redaktion:
Susanne Jauss, jauss-lektorat.de

Covergestaltung und Grafiken im Innenteil:
Michelle Schrenk, @canva, www.canva.com
Illustration Landhaus auf dem Land: Margaryta Shevchyshena

Porträt Michelle Schrenk:
Nathalie Majewski, namama-fotografie.com

MICHELLE SCHRENK

Sylt
See
glück

Über die Autorin

Hinter der Autorin Michelle Schrenk steckt eine 1983 geborene Wassermannfrau, die es liebt zu träumen und es hasst, Zwiebeln zu schneiden. Schon immer widmete sie sich dem Erfinden von Geschichten und begann bereits im Grundschulalter damit, sie aufzuschreiben. Mit ihren gefühlvollen Liebesromanen, dem Mutmachbuch »Die Suche nach dem verlorenen Stern« sowie drei Kinderbüchern hat sie sich nun ihren Traum vom Schreiben erfüllt.
Nahezu jeder ihrer Titel war in den Amazon Top 100 vertreten, ihr herzerwärmender Roman »Kein Himmel ohne Sterne« sogar zehn Monate lang ohne Unterbrechung. Ihr Roman »Irgendwo hinter den Wolken« war Finalist des Kindle Storyteller Awards 2019. Sie ist überzeugt, dass es viele Wege zum Glück gibt, und hofft, ihren Lesern mit ihren Büchern ein wenig davon zu schenken.

Mehr über Michelle und ihre Bücher gibt's im Internet auf michelleschrenk.de sowie auf Facebook und Instagram:
www.facebook.com/MichelleSchrenkAutorin
www.instagram.com/michelle_schrenk_autorin

Für alle,
die das Glück dieser Erde
auf den Wellen des Meeres suchen.

Das Jahr des Karmas

»Ach herrje, Anni, was ist denn mit dir passiert?«, fragt meine Freundin Bine, als ich sie in unserer Stammbar in der Innenstadt treffe.

Es ist später Nachmittag, und ich betrete humpelnd die Bar, werfe meine Tasche auf den Tisch und lasse mich auf den erstbesten Stuhl fallen.

»Frag lieber nicht.« Ich winke ab. »Dieser Kerl, wirklich, er war ein einziger Albtraum. Ich hätte es echt keine Sekunde länger mit ihm ausgehalten«, antworte ich und hebe die Hand, um etwas zu bestellen. Dann deute ich auf den zerbrochenen Absatz an meinem Schuh. »Und als Krönung des gelungenen Nachmittags bin ich noch schön im Kopfsteinpflaster hängen geblieben. Die Schuhe kann ich wegwerfen.«

Der Kellner kommt an den Tisch, um unsere Bestellung aufzunehmen. Bine entscheidet sich für einen Kaffee.

»Und für mich einen Wodka«, sage ich wie aus der Pistole geschossen.

Um die Mundwinkel des Kellners zuckt es ganz leicht. »Gern, kommt sofort.«

Als er wieder gegangen ist, mustert Bine mich stirnrunzelnd. »Okay, Wodka am helllichten Tag? Es war also wirklich so schlimm?«

»Na, schau mich doch an. Und dann noch dieser lebende Krawattenständer, der langweiligste Kerl, den ich je getroffen habe.« Ich seufze. »Stell dir vor, der Typ hat echt eine halbe Stunde lang über seine Briefmarkensammlung gesprochen – und das gleich beim ersten Date!«

»Ach Mensch, das tut mir leid.«

»Du kannst doch nichts dafür, dass ich immer ins Klo greife.«

Glücklicherweise kommt der Kellner in diesem Augenblick schon mit unseren Getränken.

»Danke«, sagen wir beide beinahe gleichzeitig, und Bine kichert.

»Das ist ja wie verhext«, meint sie. »Jetzt dürfen wir uns was wünschen.«

Der Kellner lächelt kurz, dann wendet er sich ab und geht zum nächsten Tisch.

»Was wünschen?«, frage ich. »Da wüsste ich in der Tat einiges. Zum Beispiel, dass diese Pechsträhne endlich mal ein Ende findet. Wobei eigentlich mein ganzes Leben eine einzige Pechsträhne ist. Langsam kommt es mir echt so vor, als hätte ich einen Fluch auf mir.«

Aufmunternd sieht Bine mich an, während sie sich etwas Zucker in den Kaffee rührt. »Komm schon, Anni, das ist doch Unsinn. Das war jetzt mal ein mieses Date, aber deswegen ist noch lange nicht alles schlecht.«

»Ach nein? Mal ehrlich, findest du nicht auch, dass besonders in diesem Jahr bei mir alles schiefläuft? Erst die Trennung und danach nur noch miese Dates. Überleg doch mal, was mir allein in den letzten Tagen passiert ist. Ich habe mir Kaffee über meinen weißen Lieblingspulli gekippt, mein Auto hat mitten in der Rushhour den Geist aufgegeben, und zu guter Letzt hat mir eine Taube auf den Kopf gekackt. Und heute dann noch als Krönung des Ganzen dieser langweilige Kerl, die totale Zeitverschwendung. Von meinen Schuhen wollen wir mal gar nicht reden. Es ist immer das Gleiche. Aber woran kann das liegen?« Ich greife nach meinem Wodkaglas und nehme einen kräftigen Schluck. »Ah, den habe ich jetzt echt gebraucht.«

»Na ja, wenn du meinst«, entgegnet Bine schmunzelnd und streicht mit dem Zeigefinger die Maserung der hölzernen Tischplatte nach. »Das Leben ist nun mal ein ständiges Auf und Ab. Ein kleiner Tollpatsch warst du ja schon immer. Und dass es sich gerade dermaßen häuft, ist vermutlich einfach nur … Keine Ahnung, es läuft zurzeit eben nicht so rund bei dir.«

Ich muss trotz allem lachen. »Nicht so rund, das hast du nett ausgedrückt. Aber ja, vermutlich ist es so. Die Frage ist nur, warum. Ernsthaft, ich würde das gern mal wissen«, sage ich, denn im Moment habe ich wirklich das Gefühl, als gäbe es in meinem Leben mehr Abs als Aufs. Genauer gesagt ist es eine

Abfolge von Missgeschicken, schlechten Dates und einem zu stressigen Job. Eigentlich mag ich die Arbeit im Hotel, doch gerade nimmt es auch dort ziemlich überhand.

»Ich bräuchte dringend eine Pause von diesem ganzen Chaos«, überlege ich. »Einfach mal weg von allem. Im Hotel war heute auch wieder so viel los. Wegen dieses Ärztekongresses sind wir total ausgebucht. Aber jetzt habe ich erst mal Urlaub – wobei ich im Moment nicht mal darauf richtig Lust habe. Denn wenn das so weitergeht ...«

»Unsinn, das ändert sich auch wieder. Und wenn du mal rauswillst, dann fahr doch einfach für ein paar Tage weg. Warum nicht?«

»Ach, wohin soll ich denn fahren? Und mit wem?«, frage ich. »Das stand zwar nicht auf meinem Plan, aber ich muss jetzt endlich meine übrig gebliebenen Urlaubstage aus dem letzten Jahr abfeiern. Mit dir zu verreisen wäre schon toll.«

»Das ist wahr, doch ich kann leider nicht. Du weißt ja, Lehrer können nur in den Ferien Ferien machen. Und die nächsten freien Tage habe ich bereits mit Harry verplant.«

Harry ist Bines Freund, mit dem sie schon seit einer halben Ewigkeit zusammen ist. Die beiden führen eine sehr harmonische Beziehung, in der Bine einfach nur glücklich ist. Manchmal wünsche ich mir heimlich, ich könnte mir wenigstens ein klitzekleines Stückchen abschneiden von ihrem Liebesleben, das das komplette Gegenteil von meinem ist.

»Oh Mann, so ein Pech.« Ich seufze demonstrativ laut. »Wäre schon cool gewesen.«

»Das ist kein Pech, das ist einfach ein Umstand«, korrigiert Bine mich. In solchen Momenten merkt man deutlich, dass sie durch und durch Lehrerin ist.

Ich nehme noch einen Schluck Wodka und spüre intensiv Wärme im Bauch. »Weißt du, was das Beste an der Sache ist? Als du mich vorhin während meines Dates zufällig anriefst, habe ich das als Vorwand genommen und zu dem Typ gesagt, dass ich dringend gehen muss, weil meiner Freundin etwas passiert sei.«

Sie kichert. »Aha, und was ist mir passiert? Was hast du mir angedichtet?«

»Dass du schrecklichen Liebeskummer hast.«

»Eines muss man dir lassen, Fantasie hast du.«

Ich winke ab. »Und als ich dann gegangen bin, sagte er ernsthaft zu mir, dass er kein zweites Treffen möchte, weil ich so desinteressiert gewesen sei. Wow, oder?«

Sie lacht. »Ehrlich ist er, das muss man ihm lassen.«

Bei dem Gedanken an das verunglückte Date trinke ich gleich noch einen Schluck. Oh ja, der Wodka hat es in sich. Irgendwie fühle ich mich schon leicht beschwipst. »Ehrlich, normalerweise hätte ich ihm sagen sollen, dass *er* von uns beiden der Langweiler ist, nicht ich. Doch ich habe meine Klappe gehalten, weil ich ihn nicht beleidigen wollte.«

»Ja, das hättest du tun können.«

»Vielleicht sollte ich viel direkter sein«, überlege ich. »Nicht um den heißen Brei herumreden, sondern klar und unmissverständlich sagen, was Sache ist.«

»Aber du bist doch immer ehrlich.«

»Schon, doch es gibt Situationen, in denen man so ein Gefühl im Bauch hat, dass etwas nicht passt. Aber man sagt nichts, sondern lässt es mit sich machen, und am Ende ist man selbst die Dumme und schaut in die Röhre.«

»Oder in ein Briefmarkenalbum.« Bine zwinkert mir schelmisch zu, und ich kann nun nicht anders, als laut loszulachen.

»Dazu ist es ja nicht mal gekommen, weil ich so desinteressiert war«, antworte ich und japse nach Luft. Der Wodka trägt sicher seinen Teil dazu bei. »Vielleicht sollte ich es einfach sein lassen. Ich habe eben Pech. Punkt.«

»So ein Quark!«

Ich sehe Bine ernst an. »Jetzt mal ganz unter uns. Ich frage mich echt, wie man heute noch normale Menschen treffen soll. Da gebe ich dem Kerl eine Chance, obwohl er gar nicht mein Typ ist, und dann kommt so was. Aber wenn ich mich mit jemandem einlasse, den ich attraktiv finde, geht es auch schief. Meine letzte Beziehung ist ewig her. Irgendwas ist immer. Liebe und Glück, alles der totale Unfug. Irgendwie ist der Wurm bei mir drin. Ich frage mich nur, warum.«

Dieser Gedanke ist jetzt so fest in meinem Kopf verankert, dass ich beschließe, mir noch ein zweites

Glas Wodka zu bestellen. Vielleicht werde ich den miesen Gedanken dann los.

Ich hebe die Hand, um den Kellner zu rufen, doch Bine zieht sie wieder nach unten. »Nichts da. Erstens ist es immer noch Nachmittag, und zweitens solltest du dringend ins Bett – oder zumindest aufs Sofa, wie auch immer.«

»Ach Mensch, du Spielverderberin«, murmele ich, und sie lacht.

»Wenn es darum geht, dass du dich sinnlos betrinken willst, bin ich gern Spielverderberin.«

Wir plaudern noch eine Weile und machen uns dann auf den Weg nach Hause.

Als wir das Haus erreichen, in dem ich wohne, setzen wir uns auf die Treppe vor dem Eingang.

Während ich mein Handy zücke, um nachzusehen, was es bei Instagram Neues gibt, greift Bine unsere Unterhaltung von vorhin noch einmal auf. »Weißt du, Glück und Pech liegen doch nah beieinander«, meint sie. »All das, was dich gerade so nervt, bringt dich schon auf den richtigen Weg, da bin ich mir sicher.«

»Ach ja?«, entgegne ich zynisch und klicke mich durch die neuen Beiträge. »Schau dir das hier doch mal an. Alle sind irgendwo unterwegs und total glücklich.«

»Unsinn, jetzt steigere dich da mal nicht so rein.«

Zwischendurch wird mir Werbung angezeigt, und als ich sie lese, wird mir auf einmal ganz anders.

Wusstest du, dass wir uns im Jahr des Karmas befinden? Glück oder Pech – was hält das Leben für dich bereit?

»Oh mein Gott«, presse ich hervor und reiche Bine das Handy. »Manchmal habe ich echt das Gefühl, dass Instagram uns abhört. Schau dir mal die Werbung an.«

Bine kichert. »Okay, das Jahr des Karmas also.«

»Meinst du, es liegt daran? Stimmt das wirklich?«

Weil ich nicht anders kann, beginne ich zu googeln, und tatsächlich finde ich eine ganze Reihe von Einträgen, die mir bestätigen, dass wir uns mitten im Jahr des Karmas befinden.

Mein Bauch zieht sich zusammen. »Siehst du, jetzt werde ich also bestraft. Das macht so was von Sinn!«, rufe ich.

»Ach, Anni, das ist doch Blödsinn. Und außerdem ist dein Karma doch nicht so mies. Wenn diese Sache stimmt, müsstest du eher das beste Jahr deines Lebens haben.«

»Oder eben nicht«, widerspreche ich ihr und seufze zum wiederholten Male an diesem Nachmittag theatralisch. »Was, wenn da wirklich etwas dran ist? Wenn ich in diesem Jahr bestraft werde für alles, was ich getan habe, und deswegen alles so schiefläuft?«

»Ich sage es dir noch mal: Das ist Unsinn! Geistiger Müll!«

»Aber warum finde ich dann kein Glück?«, gebe ich zu bedenken. »Warum passiert mir das alles?

Und das ziemlich genau seit Anfang dieses Jahres. Es ist doch wirklich wie ein Fluch. Meinst du, das kann sein? Bin ich verflucht? Bestraft mich das Karma?«

»Und warum? Was sollst du denn Schlimmes gemacht haben?«

Bine lacht, doch ich schließe kurz die Augen, spüre einer Ahnung nach. Und dann sehe ich es. Vor meinem geistigen Auge taucht das Bild eines blauen Sommerhimmels auf. Ich rieche beinahe schon die salzige Meeresluft, höre das Lachen von Kindern am Strand. Und ich sehe ihn, mit seinen zerzausten blonden Haaren und den klarsten blauen Augen, denen ich jemals begegnet bin.

Ich sehe Bine an. »Es gibt da eine Sache, die mir nicht aus dem Kopf geht. Es ist lange her, dennoch frage ich mich, ob das nicht vielleicht der Anfang von allem war.«

»Was denn?«

»Als ich dreizehn war, haben wir die Sommerferien auf Sylt verbracht. Und da war dieser Junge. Er war mein erster Schwarm.«

»Und? Das klingt doch süß.«

»Ja, das war es auch. Bis ich ihn einfach sitzen ließ. Ohne eine Erklärung.«

»Wie bitte?« Für einen klitzekleinen Augenblick scheint es mir, als würde Bine gespannt die Luft anhalten.

Ich lege das Handy neben mich auf die Treppenstufe, stütze mich auf meine Hände und lehne mich ein wenig zurück. »Wir haben uns auf einer Feier am Strand geküsst«, erzähle ich und blicke dabei in den

Himmel. »Es war mein erster Kuss. Aber dann … Ich weiß nicht, ich bekam irgendwie Angst. Am nächsten Tag habe ich ihn ignoriert und so getan, als wäre nichts geschehen.«

»Und wie hat er darauf reagiert?«

»Natürlich war er verletzt. Er hat mich zur Rede gestellt und gesagt, dass ich das zurückbekommen würde. Dass das Karma mich eines Tages dafür bestrafen würde.«

Bine schüttelt den Kopf. »Das klingt wie aus einem Teenie-Drama.«

»Ja, vielleicht. Aber was, wenn das wirklich der Grund ist, warum mein Liebesleben ein einziges Desaster ist? Warum ich nur Fehltritte hinlege? Das Karma schnappt jetzt zu, wie ein Fisch.«

Sie lacht. »So ein Quatsch. Das glaubst du doch selbst nicht.«

»Aber es kann doch so sein«, entgegne ich beharrlich. »Muss man nicht bei dem Jungen anfangen, der alles ins Rollen gebracht hat? Ich habe ihm immerhin das Herz gebrochen.«

»Das ist jetzt wirklich etwas weit hergeholt«, versucht Bine noch einmal, mich umzustimmen, doch ich lasse sie nicht ausreden.

»Was, wenn nicht? Wenn jetzt der Zeitpunkt gekommen ist, in dem das Karma zuschlägt? Das würde doch erklären, warum ich so viel Pech habe, besonders in der Liebe.«

»Ich habe dir vorhin schon gesagt, dass du jetzt erst mal ins Bett musst.« Bine steht auf, und ich verdrehe die Augen.

»Es ist erst kurz vor sechs.«

»Egal. Du bist immerhin ganz schön angeheitert – Wodka sei Dank.«

»Na gut, wenn du meinst.«

Bine reicht mir die Hand und zieht mich nach oben. Als wir voreinander stehen, nimmt sie mich zum Abschied in den Arm. »Und mach heute keine Dummheiten mehr, ist das klar? Schlaf einfach mal drüber, dann siehst du wieder klarer. Das Karma will dir nichts, glaub mir.«

»Jaja …«

»Wirklich. Keine Dummheiten«, sagt sie noch einmal mit Nachdruck.

»Also bitte, ich und Dummheiten. Niemals. Du kennst mich doch.«

Sie lacht. »Ja, eben. Also lass es sein.« Dann wendet sie sich ab und geht winkend davon, während ich noch einen Moment stehen bleibe und ihr nachsehe.

Gerade als ich den Schlüssel in das Schloss an der Haustür stecken will, kommt mir jedoch eine andere Idee. Ich muss herausfinden, ob an der Sache wirklich etwas dran ist. Vielleicht ist es ja an der Zeit, dass ich mich den Geistern der Vergangenheit stelle.

Die Insel ruft

»Na, du kleine Dramaqueen? Ganz schön kuschelig, oder?«

Okay, was ist passiert? Langsam öffne ich die Augen und sehe Papas Gesicht vor mir. »Schon, aber …« Ich erschrecke heftig, als mir auf einmal klar wird, wo ich mich befinde. In einem Sarg! Ich schlage mir die Hände vors Gesicht. »Oh mein Gott, das habe ich nicht gemacht …«

»Doch, das hast du. Ich befürchte, der Wodka war einer zu viel.«

»Ich hatte doch nur zwei.«

»Drei.« Papa hebt drei Finger seiner Hand hoch und grinst. »Du kamst gestern Abend hier angerauscht, hast dir oben aus meiner Hausbar die Wodkaflasche geholt und gesagt, du müsstest dringend mit mir über den Urlaub auf Sylt reden. Weil du eine Erleuchtung gehabt hättest. Du hast geredet und geredet, bis du so müde warst, dass du nur noch in den erstbesten Sarg gefallen bist. Ich wollte dich noch aufhalten, aber …«

»Kannst du bitte einfach den Deckel schließen? Ich schäme mich so sehr«, flüstere ich.

Papa lacht. »Es war schon ziemlich amüsant, wie du hier ankamst und meintest, dass auf dir womöglich ein Fluch liegt, den wir lösen müssen. Sonst würdest du andauernd nur Pech haben, weil es das Jahr des Karmas sei.«

Als er die Worte ausspricht, fällt mir die Sache mit dem Karma wieder ein. »Das habe ich dir erzählt?«

»Ja, und das nicht nur einmal.«

»Und warum hast du mich hier liegen gelassen?«

»Weil du nicht wachzukriegen warst. Du kannst echt froh sein, dass unsere Mitarbeiter schon Feierabend hatten. Und auch, dass Jakob noch bis heute Abend auf der Messe ist. Er hätte dich auf jeden Fall entdeckt. Du weißt ja, er ist morgens der Erste, der in die Firma kommt, und abends der Letzte, der geht.«

Jakob ist mein Bruder, der als Juniorchef im Bestattungsunternehmen der Familie mitarbeitet und es auch einmal übernehmen wird. Darüber bin ich froh, denn ich habe lieber mit Menschen zu tun, die noch lebendig sind. Und so habe ich nach der Schule Hotelfachfrau gelernt und arbeite jetzt an der Rezeption eines großen Hotels in der Innenstadt – auch wenn Papa mich lieber bei ihm in der Firma zwischen Leichen, Urnen und Särgen sehen würde.

Apropos Särge. Ich habe tatsächlich die ganze Nacht in einem der Särge geschlafen, die in den Firmenräumen stehen. Unfassbar. »Scheiße!«, rufe ich und schlage mir die Hände vors Gesicht.

Langsam erinnere ich mich noch an mehr. Nachdem ich mich an der Haustür von Bine verabschiedet hatte, bin ich nicht nach oben in meine Wohnung gegangen, sondern ein paar Häuser weiter zu Papa. Ich dachte mir, dass ich ihn bestimmt noch im Büro antreffe, denn er arbeitet genau wie Jakob abends immer recht lange. Gestorben wird schließlich nicht nur tagsüber. Und das Letzte, woran ich mich erinnere, ist, dass ich in seine Wohnung direkt über den Firmenräumen hinaufgegangen bin und mir dort aus seiner Hausbar eine Flasche Wodka geholt habe, so wie er es mir gerade auch erzählt hat. Nachdem mir das erste Glas in der Bar schon so gutgetan hatte, dachte ich, es kann kein Fehler sein, mir noch ein zweites zu genehmigen. Doch dabei ist es offenbar nicht geblieben, wenn ich Papas Worten glauben soll.

»Das ist wirklich mein Ende«, sage ich. »Das ist ein Zeichen. Für mein Leben und …«

»War dein Date denn wirklich so mies?«, will Papa wissen, und ich nicke.

»Habe ich dir davon erzählt?«

»Ja. Dass er ein lebender Krawattenständer war und superlangweilig.«

Ich seufze tief. »Stimmt, das kann ich gesagt haben.«

»Na komm, dann mal raus hier.« Papa reicht mir seine Hand, doch ich zögere.

»Ich weiß nicht, ob ich nicht doch hier liegen bleiben soll …«

»Quatsch. Los jetzt, Anni! In einer halben Stunde dürften die ersten unserer Mitarbeiter eintreffen.

Ihnen solltest du den Anblick nicht gönnen, wie du hier in diesem Sarg liegst.«

»Na gut. Hast du Kaffee?«, frage ich, während ich mich aufrichte und aus dem Sarg steige. »Am besten stark und schwarz.«

»Klar, lass uns einen Kaffee trinken. Und bestimmt habe ich auch eine Aspirin.«

Wir gehen hinauf in Papas Wohnung. Nachdem wir am Tisch in der Küche Platz genommen haben, bin ich wirklich erleichtert. Der Kaffee tut gut, und Papa hat mir dazu noch ein großes Glas gekühltes Wasser hingestellt.

»Und du denkst also, du bist verflucht?«, hakt er nun nach. »Aber so ganz habe ich es nicht verstanden. Du hast so viel gesagt. Amüsant war es ja schon.«

»Ach, das war nur so ein Schnapsgedanke.«

Er grinst. »Schnaps – da sagst du was.«

»Weißt du, ich habe mich gefragt, warum bei mir gerade alles schiefgeht, und da ist mir dieser Junge eingefallen, damals auf Sylt. Kannst du dich an ihn erinnern?«

Er überlegt kurz. »Ich glaube, ich weiß, wen du meinst. Am Anfang habt ihr euch am Strand immer Blicke zugeworfen, und irgendwann seid ihr ins Gespräch gekommen. Das hast du mir zumindest erzählt.«

Ich nehme einen großen Schluck Kaffee. »Ja, er war echt süß.«

»Doch dann wurdest du irgendwann so abweisend zu ihm.«

»Ja, und deswegen glaube ich, dass ich verflucht bin.« Nachdenklich fahre ich mit dem Finger den Rand meiner Tasse entlang. »Er war so sauer auf mich, und mir ist jetzt auch wieder eingefallen, was er zu mir sagte. Unter anderem, dass ich das alles zurückbekommen werde. Aber du hast recht, der Gedanke ist bescheuert. Dennoch muss sich irgendwas ändern, denn ich habe keine Lust mehr auf schlechte Dates und all das. Ich möchte einfach glücklich sein, einen netten Mann treffen. Verstehst du? Ich muss mal raus aus dem ganzen Chaos.«

Papa mustert mich mit zusammengekniffenen Augen. »Du brauchst Urlaub, oder?«

»Ja, vielleicht schon.«

»Und was spricht dagegen?«

»Dass ich nicht weiß, wohin und mit wem ich fahren soll.« Ich winke ab. »Ach, das war nur so dahergesagt. Es wird schon alles werden.«

Doch so recht weiß ich gerade nicht, wie es werden soll.

Als ich etwas später in meine Wohnung komme, die nur ein paar Häuser von Papas Firmengebäude entfernt liegt, habe ich einige Nachrichten von Bine auf meinem Handy. In den ersten beiden schimpft sie mit mir, weil ich mich nicht gemeldet habe. Dann macht sie sich Sorgen, weil sie glaubt, ich hätte Mist gebaut. Gut, so unrecht hat sie damit ja nicht. Immerhin bin ich vorhin in einem Sarg aufgewacht. Oh Mann.

Während ich aus meinen Schuhen schlüpfe, beschließe ich, Bine gleich anzurufen, um sie zu beruhigen. Als dann wie auf Kommando mein Handy klingelt, denke ich schon, dass sie mir nun zuvorkommt. Doch es ist nicht sie, sondern Papa. Ich nehme das Gespräch an.

»Na, Liebes, bist du gut daheim angekommen?«, will er wissen.

»Ja, das bin ich. Was ist los? Habe ich etwas bei dir vergessen?«

»Nein, aber ich habe dir gerade etwas geschickt. Sieh es dir mal an«, sagt er. Ich stelle das Handy auf Lautsprecher und gehe in den WhatsApp-Verlauf. Währenddessen erzählt Papa schon weiter: »Ich habe mir mal die alten Fotoalben vorgenommen, und schau mal, was ich da gefunden habe. Das seid doch ihr beide, du und er, oder?«

Ich betrachte das Bild, das er mir geschickt hat. Es ist etwas unscharf, weil es irgendwie aus Versehen aufgenommen wurde, zumindest habe ich so etwas im Kopf. Trotzdem erkenne ich den Jungen darauf wieder. Ja genau, das ist er. Gut, man sieht ihn nicht ganz deutlich, aber doch, das muss er sein.

Dann wandert mein Blick weiter zu mir. »Was habe ich denn da bitte für eine Frisur?«, frage ich und muss trotz allem lächeln. Himmel, ist das lange her. »Warum in aller Welt habe ich rote Haare?«

»Du wolltest es so«, meint Papa. »Ich kann mich noch sehr gut daran erinnern.«

»Jaja, ich weiß schon.«

»Pass auf, Anni, Haare hin oder her, ich habe eine super Idee. Als ich mir die Bilder ansah, bekam ich total Lust, einfach mal wieder wegzufahren und unbeschwert am Strand zu liegen. Du weißt ja, ich bin jeden Tag von Toten umgeben und sollte auch mal raus. Und du sagtest doch, du hättest sowieso Urlaub. Also warum nicht?«

»Ja, das stimmt, ich feiere gerade meine Urlaubstage aus dem letzten Jahr ab.«

»Wieso machen wir es dann nicht einfach? Wir zwei, ab nach Sylt, raus aus dem Alltag. Auf den Spuren der Vergangenheit.«

»Hahaha«, kommt es mir spontan über die Lippen. Was soll ich auch sonst auf diesen Vorschlag antworten?

Aber Papa meint es wohl ernst. »Hallo, du hast doch damit angefangen, dass du diesen Fluch lösen möchtest. Das Karma retten. Also, ich wäre dabei!«

»Das ist lieb von dir, Papa. Aber das war nur Spaß.« Oder? Das war es doch? Anderseits habe ich mit diesem Thema angefangen …

»Spaß hin oder her, jedenfalls spricht doch nichts gegen ein paar Tage Urlaub, in denen du mal runterkommen kannst. Auch wenn du es nicht hören willst, du arbeitest wirklich zu viel. Es ist gut, dass du jetzt mal freihast. Und dann solltest du die Zeit auch nutzen.«

»Hm«, brumme ich.

»Ist das ein Ja?« Seiner Stimme höre ich an, dass er grinst.

»Also, ich weiß nicht …«

»Na, komm schon. Vielleicht gibt es ja sogar in der Pension, in der wir damals waren, noch freie Zimmer. Das wäre doch was.«

»Wenn sie überhaupt noch existiert«, gebe ich zu bedenken. »Es ist ja doch schon eine Weile her.«

Papa lacht. »Also, so lange nun auch wieder nicht. Ich kann mir gut vorstellen, dass es die Pension noch gibt. Und du solltest nicht immer bei allem gleich nach einem Haken suchen.«

Ich weiß, ich sehe vieles zu pessimistisch, aber so einfach kann ich nicht aus meiner Haut. »Na schön, fragen kannst du ja mal«, sage ich schließlich, ehe wir auflegen.

Oh Mann, hat er das wirklich ernst gemeint? Vermutlich schon, so wie ich ihn kenne.

Ich sehe mir das Foto noch einmal an. Ja, der Junge war schon süß. Und ich war so fies zu ihm. Vielleicht ist es wirklich so, dass das Karma mich deswegen bestraft, und ich sollte mich nun den Geistern der Vergangenheit stellen.

Das Jahr des Karmas …

Meine Gedanken drehen sich, lassen mir keine Ruhe mehr, und so fange ich an zu googeln. Schon die erste Fundstelle, die mir angezeigt wird, klingt spannend:

Dieses Jahr wird ein Glücksjahr auf allen Ebenen werden, wenn du bereit bist, an dir zu arbeiten, dich deinen Fehltritten zu stellen und sie aufzulösen. In diesem Jahr spielt das Karma eine große Rolle …

Hm, okay, das klingt doch etwas sehr spirituell. Auch dass in diesem Jahr alles aufgearbeitet werden kann. Unsinn, oder? Aber was, wenn tatsächlich etwas dahintersteckt und ich …

In diesem Augenblick klingelt mein Handy, es ist Bine. Oh weh, sie habe ich ganz vergessen. Sicher macht sie sich Sorgen. Nachdem ich das Gespräch angenommen habe, schimpft sie auch sofort los: »Du spinnst wohl, dich gar nicht zu melden.«

»Es … es tut mir leid, wirklich.«

»Jaja, das kann jeder sagen. Du bist gestern Abend gar nicht gleich ins Bett gegangen, oder?«, vermutet sie. »Was hast du gemacht?«

»Ja, stimmt, ich …« Schließlich berichte ich ihr, was passiert ist.

Schon während ich von der Gegebenheit mit dem Sarg erzähle, kichert sie immer wieder, und als ich fertig bin, lacht sie aus vollem Halse. »Du bist der Knaller, Anni. In einem Sarg, die ganze Nacht. Oh mein Gott, du bist wirklich …«

»Bescheuert, ich weiß schon.«

»Das hast jetzt du gesagt. Doch mal im Ernst, die Idee deines Papas finde ich toll. Das ist doch genau das, was du brauchst. Urlaub und Erholung. Du kommst mal aus dem Alltag raus und kannst nebenbei vielleicht dein Karma aufpolieren.«

»Ja, vielleicht. Aber nach Sylt? Da ist es vielleicht nicht mal schön warm, oder? Gut, womöglich treffe ich diesen Jungen von damals wieder. Je mehr ich allerdings darüber nachdenke, umso blöder erscheint mir die Idee mit dem Karma.«

»Ach, das ist doch nur eine Randerscheinung. In erster Linie geht es darum, dass du mal aus deinem Trott rauskommst und Urlaub machst. War es denn damals auf Sylt nicht schön?«

»Doch, es war sehr schön, wirklich.«

»Na also, worauf wartest du dann noch?« Sie beginnt jetzt sogar, ein Liedchen zu trällern. »Pack die Badehose ein, nimm dein kleines Papilein …«

Ich muss lachen. »Du Spinnerin. Ja, mal sehen. Ich muss mich jetzt erst mal ausruhen, duschen, schlafen – in einem Bett wohlgemerkt – und den Tag irgendwie hinter mich bringen. Und morgen lasse ich mir das mit dem Urlaub auf Sylt mal durch den Kopf gehen.«

»Na schön, mach das. Aber ich sage dir eines: Ich finde, das ist die beste Idee seit Langem.«

Nachdem ich aufgelegt habe, betrachte ich erneut das Foto, das Papa mir geschickt hat. Plötzlich fluten Erinnerungen an damals meine Gedanken, und ich denke über Papas Worte nach. Vielleicht ist es tatsächlich an der Zeit, den Fluch zu brechen und mein Karma zu retten.

»Na, wie hast du geschlafen?«, fragt Bine mich, als wir am nächsten Morgen wieder miteinander telefonieren.

Ich habe geduscht, mir einen Kaffee gemacht und mich mit dem Laptop auf meinen winzigen Balkon gesetzt. Tatsächlich ist das Wetter wieder schön geworden, und vom Regen der vergangenen Nacht sind nur noch wenige Spuren zu sehen. Während ich meinen Kaffee genoss, habe ich ein bisschen bei Google herumgesucht, in erster Linie noch einmal nach Informationen über das Jahr des Karmas, aber auch danach, was in diesem Jahr für die einzelnen Sternzeichen vorhergesagt wird. Es ist schon interessant, aber ob es wirklich stimmt?

»Eigentlich ganz gut. Ich hatte nur ein paar merkwürdige Träume«, antworte ich leise und spüre, wie meine Wangen leicht rot werden. Ja, ich habe wirklich allerhand durcheinandergeträumt. Von dem Jungen, der Insel und unserem Urlaub.

»Was denn für merkwürdige Träume?«

»Ich habe von Sylt geträumt. Kannst du dir das vorstellen? Es war, als würde irgendwas aus der Vergangenheit wieder an die Oberfläche drängen. Denn im Traum war dieser Junge und … wir haben uns geküsst. Bescheuert. Aber es hat sich so real angefühlt. Albern, ich sage es dir.«

»Na dann, ich würde mal sagen, das ist ein Zeichen.« Sie kichert. »Du solltest echt dort hinfahren. Die Insel ruft dich – oder vielmehr euch.«

Ich rupfe nebenbei ein kleines Blättchen Unkraut aus dem Blumenkübel, der neben mir auf einem kleinen Schemel steht. »Ja, das habe ich mir auch gedacht. Vielleicht mache ich es ja wirklich.«

»Das solltest du. Und wer weiß, womöglich musst du tatsächlich dorthin zurück, um etwas abzuschließen oder zu klären. Manchmal hat das Unterbewusstsein seine ganz eigene Art, uns auf etwas aufmerksam zu machen. Ich meine, Gefühle täuschen nicht, sie sind wie die Möwen am Meer, die um einen herumkreisen und Fisch fressen. Bist du dir sicher, dass du Sternzeichen Wassermann bist? Sternzeichen Fische würde da viel besser passen.«

»Du bist eine solche Quatschtante, weißt du das? Gefühle sind wie die Möwen. Das würde ja bedeuten, dass sie ebenfalls Fisch fressen. Also wirklich. Und nein, ich bin ganz sicher Sternzeichen Wassermann.«

»Aha. Was für ein Sternzeichen passt da eigentlich zu dir?«, will sie wissen und kichert dabei schon wieder.

»Keine Ahnung, ich bin unanpassbar.«

»Nun komm schon. Ich glaube, es wäre eine gute Idee.«

»Vielleicht. Auch wenn es albern ist, kann ich ja zumindest mal sehen, was passiert. Unabhängig von diesem Quatsch mit dem Karma«, sage ich und fühle mit einem Mal eine Mischung aus Nervosität und leichter Vorfreude in mir.

»Genau, und deswegen sollten wir jetzt auch auflegen.«

»Warum?«

»Na ja, du weißt doch, was du zu tun hast. Und je früher du es angehst, desto besser.« Nun legt sie einfach auf.

Kurz denke ich noch nach, dann rufe ich Papas Kontakt auf und wähle seine Nummer. Vielleicht beginnt das Glück ja wirklich damit, sich der Vergangenheit zu stellen.

gefühle täuschen nicht,
sie sind wie die Möwen am
Meer, die um einen herum-
kreisen und Fisch fressen.

Es riecht nach Meer

»Das wird richtig super werden«, sagt Papa, als wir am Bahnsteig stehen und auf unseren Zug warten. »Ich freue mich so sehr, ich kann das Meer beinahe jetzt schon riechen.« Er nimmt einen tiefen Atemzug durch die Nase, und ich muss lachen.

»Also wenn das Meer nach Zwiebeln und Fleisch riecht, dann rieche ich es auch.« Mein Blick wandert zu dem Kerl nicht weit entfernt von uns, der sich gerade den letzten Bissen seines Döners in den Mund schiebt. »Aber mal im Ernst, ich freue mich auch. Endlich mal nichts anderes tun, als sich zu erholen, am Strand zu liegen, Sonne zu tanken.«

»Das ist die richtige Einstellung. Denn mal ehrlich, das Meer findet sich überall – entscheidend ist das, was wir aus allem machen, meinst du nicht? Wie sage ich immer? Das Glück dieser Erde liegt auf den Wellen des Meeres.« Papa reckt den Daumen nach oben.

»Heißt das Sprichwort nicht *›auf dem Rücken der Pferde‹*?«

»Alles Ansichtssache. Und die Pension sah doch auf der Website auch super aus. Hast du dich daran erinnert?«

»Nicht wirklich. Aber ja, sie sah ganz okay aus.«

»Und was das Beste ist: Ich habe ganz spontan angerufen und konnte es gar nicht glauben, dass die mitten in der Saison noch ein Zimmer frei hatten. Das ist doch mehr als ein Zufall. Schicksal vielleicht.« Papa sieht mich voller Stolz an. »Ist das nicht toll?«

Ich nicke, doch dann realisiere ich erst, was er gerade gesagt hat. Oder habe ich mich verhört? »Ähm, was? Ein Zimmer? Wie meinst du das? Dann schlafen wir zusammen – in einem Raum?«

Er lacht. »Na klar, ist doch kuschelig.«

»Papa, du schnarchst und …«

»Ach Anni, es macht solchen Spaß, dich zu ärgern. Natürlich haben wir zwei Zimmer, was denkst du denn? Ich habe dich lieb, sehr lieb sogar, aber auch ich habe keine Lust, mit dir in einem Zimmer zu schlafen«, sagt er mit einem breiten Grinsen im Gesicht.

»Na, dann bin ich ja beruhigt.«

Ehe ich noch mehr sagen kann, fährt der Zug auf dem Gleis ein. Als er anhält, schleppen wir unser Gepäck ins Innere, bringen es zum Gepäckabstellpunkt und setzen uns in eine Zweierreihe. Zum Glück hat sich der Herr mit dem Zwiebeldöner einen anderen Platz gesucht.

»Wie lange werden wir jetzt unterwegs sein?«, frage ich Papa, obwohl er mir das bestimmt schon gesagt hat, und das nicht nur einmal. Aber irgendwie bin ich nun doch ziemlich aufgeregt.

»Sechs Stunden, das geht schon. Ich würde sagen, wir schalten einfach ab und genießen die Fahrt. Wir könnten auch etwas spielen, so wie früher. Was meinst du?«

Spielen? »Oder wir lesen und hören Podcasts«, setze ich dagegen.

»Na schön, du Spielverderberin.« Während der Zug sich nun in Bewegung setzt, zieht Papa mit einem leisen Seufzer ein Buch aus seiner Tasche. Doch anstatt seine Nase hineinzustecken, holt er auch noch sein Handy heraus und tippt ein wenig darauf herum. Dann hält er es mir hin. »Das Bild von euch beiden ist schon süß, oder?«

Ich sehe ihn an. »Süß? Wir? Hundewelpen sind süß. Aber wir … wir waren eher unbeholfene Teenager.«

»Jaja. Ich bin jedenfalls gespannt. Wirst du ihn auf der Insel suchen?«

»Warum das denn? Nein«, sage ich entschieden. Weshalb sollte ich das auch tun?

»Na, wegen der Sache mit dem Karma. Fluch und so.« Er zwinkert mir zu.

»Das war doch nicht ernst gemeint. Ich war betrunken. Und suchen werde ich sicher niemanden. Aber vielleicht kann ich auf Sylt ja meine Karmapunkte wieder auffüllen.«

Papa mustert mich schmunzelnd. »Ich kenne dich, du bist bestimmt neugierig. Aber wer weiß, vielleicht begegnen wir ihm ja tatsächlich.«

Okay, er hat nicht unrecht. Irgendwo würde es mich schon interessieren, was aus dem Jungen geworden ist und wie er jetzt aussieht. Doch andererseits habe ich keine Lust auf eine Konfrontation mit ihm.

»Oder wir liegen am Strand und schlafen, genießen die Sonne und essen etwas Leckeres«, entgegne ich. »Das genügt auch. Ich jage doch keinem Bild nach.«

»Wobei ich sicher nicht nur faul herumliegen, sondern auch mal was unternehmen werde. Aber da sind wir ja frei, wir müssen nicht andauernd zusammen herumhängen.«

Das sehe ich auch so. »Genau. Ich für meinen Teil werde mich einfach mal treiben lassen. Den Sand zwischen den Zehen fühlen, dem Rauschen des Meeres zuhören, mal einen Friesentee trinken. Solche Dinge eben. Das tut auch mal gut. Die Arbeit ist schon immer anstrengend. Vielleicht soll es wirklich so sein, dass ich mich an die Sache mit dem Jungen damals erinnert habe und wir jetzt wieder nach Sylt fahren.«

»Das ist die richtige Einstellung. Hin und wieder muss man einfach Kraft tanken.« Er nickt mir beipflichtend zu. »So, dann werde ich mich mal meinem Buch widmen.«

»Was liest du denn? Zeig mal her.« Ich werfe einen Blick auf das Buchcover. »Einen Krimi, war ja klar.«

»Superspannend. Da geht es um eine Leiche, die in den Dünen gefunden wurde. Ist schon der zweite

Teil einer Reihe, den ersten habe ich auch dabei. Möchtest du?«

»Ne, lass mal. Bin gerade zu faul. Ich lasse mich berieseln.« Ich hole meine AirPods aus der Tasche und stecke sie mir in die Ohren.

Während der Zug schon seit einer guten halben Stunde über die Gleise rattert, lasse ich mich nun also in die Klatsch- und Tratschwelt entführen. Ich mag die beiden Podcaster Elena und Lars, die auch immer ein wenig aus ihrem Leben erzählen. Witzigerweise geht es heute darum, dass Elena kein Glück in der Liebe zu haben scheint.

»Man muss diese alten Sachen, die einen belasten, auskehren. Ich habe das ja machen lassen«, berichtet sie, worauf Lars lacht.

»Und wie lief das genau ab? Wurde alles richtiggehend zusammengefegt und entsorgt, oder wie?«

»Du lachst jetzt, aber das sind wirklich Dinge, an die wir gar nicht mehr denken, die jedoch irgendwann wieder hochkommen und nicht unbedeutende Kreise ziehen. Echt, die sitzen wie ein Stachel in uns. Und sobald man beschließt, sich darum zu kümmern, geht es los.«

»Und was kann man dann herausfinden?«, will er wissen.

»Na, vielleicht hat das Glück einen schon mal auf die richtige Reise geschickt, und die ist noch nicht abgeschlossen. Lach ruhig. Wenn man in die Vergangenheit schaut, sind da Momente, die einen innerlich nicht loslassen. Es ist wirklich wichtig für die Zukunft, sich davon zu befreien.«

Neugierig lausche ich dem Gespräch und denke dabei wieder an die Sache mit dem Jungen. Habe ich mit meinem Verhalten damals einen Fluch auf mich gezogen oder mein Karma gereizt? Ist es jetzt an der Zeit, das alles zu klären? Sitzt da vielleicht wirklich irgendwo ein Stachel, den ich lösen und bereinigen muss? Ist das Karma wie ein Anker, den man lichten muss?

Wie auch immer, ich freue mich auf den Urlaub, mal rauszukommen. Dann werden wir ja weitersehen. Und schließlich fallen mir die Augen zu.

Ich wache erst wieder auf, als Papa mich weckt, weil wir in Hamburg umsteigen müssen. Und auch danach im Zug nach Sylt sorgt das stetige leichte Schaukeln und Rattern erneut dafür, dass ich schnell einnicke.

Als ich wieder zu mir komme, sehe ich mich verschlafen um. Oh Mann, wir fahren ja immer noch.

»Na, da ist sie wieder, meine Anni«, sagt Papa und grinst.

»Habe ich lange geschlafen?«

»Fast die komplette Fahrt, seit wir in Hamburg umgestiegen sind. In einer guten halben Stunde sind wir schon da.«

»Das ist super«, murmele ich und strecke mich. Draußen vor dem Fenster ziehen saftig grüne Wiesen an uns vorbei, und es sieht tatsächlich so aus, als wäre das Meer nicht mehr allzu weit entfernt.

»Und geschnarcht hast du wie ein Sägewerk.«

»Ich schnarche niemals, ich …«, will ich protestieren, als es auf meinem Handy *Pling* macht. Es ist eine Nachricht von Bine.

Genieße den Urlaub. Ich bin gespannt, ob du ihn findest, diesen sexy Inseltyp. Wer weiß, am Ende bringt er alles in Schwung …

Ich starre die Nachricht an und spüre die Röte auf meinen Wangen. Also wirklich.

Papa bleibt das natürlich nicht verborgen. Neugierig beugt er sich zu mir und lugt auf das Display. »Ha, ich wusste es doch. Du willst sehr wohl nach ihm Ausschau halten.«

Schnell ziehe ich das Handy weg und schiebe es in meine Tasche. »Ich wollte nur nachsehen, wie spät es ist.«

Ein merkwürdiger Zeitgenosse

»In wenigen Minuten erreichen wir den Bahnhof Westerland«, hallt es aus den Zuglautsprechern. Ich muss zugeben, ich bin schon erleichtert, dass die Fahrt jetzt vorbei ist.

Als der Zug anhält, packe ich die Kopfhörer in meine Tasche und stehe auf. Ich folge Papa zur Gepäckablagestelle, wo wir unsere Koffer holen. Vollbepackt bahnen wir uns einen Weg durch die Menschenmenge auf dem Bahnsteig.

Als wir den Bahnhofsvorplatz erreichen, lichtet sich das Gedränge. Während die Menschen um uns herum in alle Himmelsrichtungen davoneilen, bleiben wir beide erst einmal stehen und schauen uns um. Ich nehme einen tiefen Atemzug. Tatsächlich ist die Luft hier ganz anders. Die salzige Meeresbrise streicht sanft über mein Gesicht und trägt das ferne Rauschen der Wellen mit sich. Genau in diesem Augenblick bricht die Sonne durch die Wolken und wirft ein warmes Licht auf den Platz. Es ist wirklich wunderschön.

»Na, was sagst du?«, fragt Papa.

»Es ist toll«, antworte ich nur, und das ist es auch. Ich kann es immer noch nicht fassen, dass wir wirklich auf Sylt sind. Ja, wir sind da, und ich freue mich auf das Meer und den Strand. Darauf, einfach etwas für mich zu tun. Kein Drama.

Papa hebt die Nase in die Luft. »Na, riechst du das?« Seine Augen glänzen freudig.

»Ja, es riecht nicht nach Zwiebeln und Döner«, stelle ich grinsend fest.

»Da stimmt.« Er lacht. »Schau, gleich da vorn ist der Busbahnhof.«

Als ich ihm zu den Bushaltestellen folge, wo drei Busse zur Abfahrt bereitstehen, rempelt mich ein Kerl an, sodass mir meine Tasche aus der Hand fällt. Doch der Typ nimmt nicht weiter Notiz von mir.

»Entschuldigen Sie, geht's noch?«, rufe ich ihm hinterher.

Er sieht sich kurz zu mir um und winkt dann ab. »Mach mal keinen Wind, hab's eilig.«

Ich sehe zu Papa. »Hast du das gehört? Wie unverschämt.«

»Der Junge hat es sicher wirklich eilig. Ärgere dich nicht. Vielleicht will er ja seine Freundin hier abholen oder so.«

»Schön für ihn. Aber was kann ich dafür?«

Ich sehe dem Kerl nach. Tatsächlich bleibt er nun vor einer blonden Frau mit einer auffälligen pinkfarbenen Jacke stehen und umarmt sie. Die beiden wirken ausgesprochen vertraut.

Aha. Aber was soll's. Mir doch egal.

»Ich glaube, dieser Bus hier ist der richtige«, drängt sich Papas Stimme in meine Gedanken. »Moment, ich habe mir das notiert. Warte. Ah, hier.« Er zieht einen kleinen Stapel mit Zetteln aus seiner Jackentasche und blättert suchend darin herum.

»Warum trägst du nicht mal alles in dein Handy ein?«, schlage ich ihm vor.

»Weil es so viel übersichtlicher ist.«

»Na, das merke ich.« Neckend sehe ich ihn an.

»Ja, lach nur.« Er sucht noch immer. »Aber was machst du, wenn du kein Handy hast, der Akku leer ist oder … keine Ahnung, irgendwo feststeckst, hm?«

»Dann …«, beginne ich, allerdings fällt mir nicht so schnell eine pfiffige Antwort ein.

»Also, siehst du. Ah, da habe ich es ja schon. Der Bus da ist doch der richtige.« Er geht direkt auf den mittleren der drei Busse zu. »Moin, fahren Sie nach Rantum?«, ruft er dem Fahrer zu.

»Moin, richtig. Haben Sie schon ein Ticket?«

»Nein, leider nicht. Können wir das bei Ihnen kaufen?«

»Klar. Für zwei Personen? Macht 7,80 Euro.«

Papa zieht einen Zehneuroschein aus der Tasche. »Das übernehme ich«, sagt er zu mir.

Der Fahrer nimmt das Geld an, gibt Papa die Tickets und reicht ihm schließlich auch das Wechselgeld.

Papa dreht sich zu mir um. »Na dann, setzen wir uns nach hinten?«

Nachdem dort noch einige freie Plätze sind, stimme ich zu.

»Das läuft ja wie am Schnürchen«, meint er, während wir einsteigen, das Gepäck verstauen und uns setzen.

Schon schließen sich die Türen des Busses, und er fährt los. Ich will mich gerade in meinem Sitz zurücklehnen, als draußen jemand ruft: »Warte, anhalten, stopp!«

Ich sehe mich um. Das ist ja wieder der Typ, der mich vorhin angerempelt hat. Er rennt hinter dem Bus her und winkt hektisch. So ein Trottel.

»Schau mal, das ist der Kerl, der in mich hineingerannt ist«, sage ich und deute auf ihn.

Papa mustert ihn. »Na so was. Du musst mächtig Eindruck auf ihn gemacht haben, wenn er jetzt gleich den ganzen Bus aufhalten will.«

Ich rolle mit den Augen. »Sehr witzig. Aber da siehst du mal, das ist Karma.«

»Unsinn.« Papa lacht.

»Doch, er hat mich angerempelt und war dann auch noch total unfreundlich zu mir. Und jetzt wird er den Bus verpassen. Pech für ihn.«

Als der Bus nun abrupt anhält, falle ich nach vorn und kann mich gerade noch abfangen. »Ist der Busfahrer verrückt geworden?«, murmele ich.

Die Türen gehen wieder auf.

»Moin. Ach, du meine Güte. Was machst du denn hier? Warst du feiern oder was?«, fragt der Fahrer den Kerl.

»Ja, genau«, antwortet dieser schwer atmend. »Ne, im Ernst, ich hatte mal wieder Ärger mit der Kleinen. Mir reicht es echt.«

»Sei nicht so streng mit ihr. Sie ist doch sonst ganz zuverlässig.«

»Na ja, das schon, aber die Jüngste ist sie auch nicht mehr. Wird Zeit, sie mal auszutauschen.«

»Armes Ding. Jetzt komm, steig endlich ein! Ich muss den Fahrplan einhalten.«

»Danke, Hannes«, sagt der Kerl und setzt sich schließlich auf einen der vordersten Sitze.

Wow. Was ist das denn für ein Idiot?

»Hast du das gerade gehört?«, frage ich Papa. »Anscheinend hat der Typ sich mal wieder über seine Freundin geärgert und will sie austauschen, weil sie nicht mehr die Jüngste ist. Solche Männer habe ich total gefressen. Schrecklich, ich sage es dir.«

»Ach, das war doch völlig aus dem Zusammenhang gerissen.«

Aber ich schüttele energisch den Kopf. »Nein, nein, ich habe das schon genau gehört.«

»Ärgere dich nicht, er ist ja nicht dein Freund.«

»Zum Glück nicht. Und wenn ich das so höre und sehe, will ich nie wieder einen haben«, sage ich fest entschlossen.

»Und als Nächstes legst du dir dann eine Katze zu.«

Erst sehe ich Papa mit offenem Mund an, doch dann lache ich. »Katzen sind toll, Papa, aber das habe ich jetzt überhört.« Ich lehne mich zurück und blicke durch das Fenster nach draußen, wo die Häuser des Ortes an uns vorbeiziehen.

Papa deutet mit dem Kopf darauf. »Westerland ist ein nettes Städtchen, oder?«

Ja, ich muss schon sagen, dass die Geschäfte, Cafés und Restaurants sehr einladend und gemütlich aussehen.

Kurze Zeit später lassen wir den Ort jedoch hinter uns. Links und rechts der Straße breitet sich die Küstenlandschaft aus, die mit ihren weitläufigen Sanddünen, Wiesen und den idyllischen Reetdachhäusern mein Herz höherschlagen lässt. »Das war echt eine gute Idee von dir, hier Urlaub zu machen«, sage ich, und Papa lächelt.

»Da siehst du mal, was so ein Wodkarausch auslösen kann. Und schau mal, dahinten ist das Meer. Ich muss sagen, das habe ich schon vermisst.«

Er hat recht. Wenn ich so zum Wasser blicke, ist da wirklich ein tolles Gefühl in mir.

»Erinnerst du dich noch daran, dass du früher immer eine Meerjungfrau werden wolltest?«

Dass Papa das noch weiß. »Ja, tatsächlich«, antworte ich, »jetzt fällt es mir wieder ein. Hat aber leider nicht geklappt. Na ja.«

»Wer weiß«, meint er mit einem Augenzwinkern, »vielleicht wirst du ja jetzt endlich zur Meerjungfrau. Schließlich sind wir hier am richtigen Ort. Und soll ich dir was sagen? Wir alle sind irgendwie Meerjungfrauen: Manchmal schwimmen wir elegant durchs Leben, und manchmal kämpfen wir gegen die Strömung.«

Ich lache. »Wie poetisch.«

Wir fahren weiter durch die malerische Landschaft, und je mehr wir uns Rantum nähern, desto eindrucksvoller wird der Blick auf das Wattenmeer.

»An der nächsten Haltestelle müssen wir raus«, sagt Papa freudig und macht sich schon mal bereit. Er steht auf, zieht seinen Koffer mit sich, und ich tue es ihm gleich. »Drückst du mal, Anni?«, ruft er mir zu.

Ich drücke den Knopf für das Haltesignal, und als der Bus kurze Zeit später anhält und sich die Türen schnaufend öffnen, steigen wir aus. Die Sonne scheint von einem fast wolkenlosen Himmel, und salzige, warme Luft weht mir in die Nase.

»Ich glaube, wir müssen da lang.« Papa deutet auf einen Weg, der sich in Richtung Strand schlängelt. »Aber warte kurz, ich schaue lieber mal nach.« Wieder zieht er ein paar Zettel aus seiner Tasche und beginnt zu suchen.

In diesem Augenblick bleibt ein Mann neben uns stehen. Es ist kein Geringerer als der Kerl aus dem Bus.

»Moin, wohin müssen Sie denn?«, fragt er uns.

Während ich ihn verstohlen mustere, trifft mich der Blick aus seinen grünen Augen. Huch, was war das denn? Vermutlich war das nur, weil ich ihn so abstoßend finde. Wenn man bedenkt, was er vorhin dem Busfahrer erzählt hat … Und entschuldigt hat er sich auch nicht bei mir.

Papa geht allerdings dankbar auf seine Frage ein. »Das ist ja nett, wir müssen … Moment … Ah da, zur Pension von Renate …«

»Okay, klar.« Der Kerl nickt. »Das muss die Pension *Wattblick* sein. Da geht es gleich hier runter und dann nach links.«

»Danke, sehr freundlich.« Papa lächelt ihm zu, und ich räuspere mich.

»Gern geschehen.« Der Kerl tippt sich mit den Fingerspitzen an die Schläfe, als würde er salutieren, und geht dann an uns vorbei in die entgegengesetzte Richtung.

Als er hinter dem Haltestellenhäuschen verschwunden ist, stupst Papa mich in die Seite. »Das war doch jetzt nett von ihm, oder?«

»Das war nicht nett, sondern selbstverständlich«, korrigiere ich ihn. »Außerdem hat der Kerl mich geschubst und will seine Freundin abservieren. Nett ist der in meinen Augen nicht.«

Was bedeutet eigentlich *nett*? *Nett* ist irgendwie so wie die Algen im Meer: Sie sind da, aber niemand möchte sie wirklich haben.

Ich schultere schnaubend meinen Rucksack und die Tasche und schnappe mir dann noch meinen Koffer. »Oh Mann, ist das schwer«, jammere ich.

»Ach, das schaffen wir schon«, ermutigt Papa mich. »Jedenfalls ist er ein attraktiver Kerl. Ein fescher Friesenjung, würde ich mal sagen.«

Sofort habe ich den Ohrwurm von Otto im Kopf. Also nee. »Wie auch immer, davon sollte man sich nicht täuschen lassen. Irgendwo weint seinetwegen ein hübsches Friesenmädchen, weil sie zu alt ist und aussortiert werden soll. Glaub mir, er ist kein netter, freundlicher Kerl. Nein, nein.«

»Soll der unfreundliche Kerl mal eben helfen?«

Ich schrecke auf. Ist der Typ etwa immer noch hier? »Nein, nein, wir brauchen keine Hilfe, aber eine

Entschuldigung würde ich annehmen. Ich finde, die wäre schon angebracht.«

Er sieht mich herausfordernd an. »Eine Entschuldigung? Ach ja? Und wofür?«

»Sie haben mich vorhin angerempelt, und dadurch habe ich meine Tasche fallen gelassen.«

»Ja, ich hatte es echt eilig. Also Entschuldigung. Ich könnte ja als Entschädigung Ihre Koffer tragen. Wäre das was?«

Ich mustere ihn mit zusammengekniffenen Augen, aber Papa lacht. »Ach, Anni, sei doch nicht so. Und Hilfe könnten wir in der Tat gut gebrauchen. Immerhin jammerst du schon die ganze Zeit, dass dein Gepäck zu schwer ist.«

Feixend sieht der Kerl mich an. »Also gut, Anni, dann helfe ich dir mal.«

Ich will noch entgegnen, dass ich sicher keine Hilfe von ihm brauche und es schon alleine schaffe. Doch er nimmt mir bereits den Koffer aus der Hand und deutet auf den Rucksack. »Soll ich den auch nehmen?«

Ich schüttle den Kopf.

»Ist sie immer so stur?«, will er von Papa wissen.

»Ich bin nicht stur«, verteidige ich mich. »Ich …«

Nun grinsen mich beide schelmisch an, und ich überlege, was ich tun soll. Ehrlich gesagt ist der Rucksack allein schon wirklich schwer. Und dazu noch der Koffer …

»Na, komm schon«, sagt der Kerl nun. »Den Rucksack packe ich einfach auf den Koffer drauf. Also?«

Schließlich ziehe ich mir den Rucksack von den Schultern und seufze dabei demonstrativ laut. Der Kerl stellt ihn auf den Koffer, und während er bereits damit davonstapft, werfe ich Papa einen strengen Blick zu.

Doch dann müssen wir zusehen, dass wir dem Typ folgen, denn er legt ein ziemliches Tempo vor. Sportlich ist er ja, und seine Arme sind auch ganz schön trainiert.

Was in aller Welt denke ich da?

»Was ist denn los, Liebes?«, fragt Papa mich leise.

Ich räuspere mich und flüstere zurück: »Also, ich hätte seine Hilfe nicht gebraucht. Und mal ehrlich, wir kennen den Kerl doch gar nicht. Was, wenn er jetzt mit meinem Koffer und dem Rucksack abhaut? Am Ende ist er ein Dieb. Irgendwas an ihm … Ich weiß auch nicht.« Damit spreche ich einfach das aus, was ich denke.

Papa schüttelt den Kopf. »Ach was, warum sollte er das tun? Er hilft uns doch nur.«

Ich zucke zusammen, als der Kerl sich plötzlich lachend zu uns umdreht. »Ach du liebe Zeit. Keine Sorge, ich klaue dein Gepäck schon nicht. Ich brauche keine Frauenkleidung, in dieser Hinsicht bin ich bereits gut ausgestattet.«

»Ach ja? Besitzt du ein Geschäft für Frauenbekleidung, oder was?«, frage ich schnippisch.

»Nein, aber ich habe zwei Schwestern. Genügt das als Antwort?«

So ein Idiot.

»Also mach dir keinen Kopf.« Dann wendet er sich ab und geht einfach weiter.

»Na, siehst du«, raunt Papa mir zu, »er ist kein Dieb.«

»Natürlich. Das hätte ich an seiner Stelle auch gesagt.«

Papa antwortet nichts mehr, sondern winkt nur ab. Dann geht auch er weiter, und mir bleibt nichts anderes übrig, als den beiden zu folgen.

»Seid ihr zum ersten Mal auf der Insel?«, fragt der Kerl uns.

»Nein, wir waren schon mal hier«, erzählt Papa. »Das ist aber schon eine Weile her, gut fünfzehn Jahre. Anni war damals dreizehn. Sie dürften ungefähr im gleichen Alter sein, oder?«

Was macht Papa da?

Der Kerl zwinkert mir zu. »Nun, ich bin dreißig. Kann also gut sein.«

Schweigend legen wir das letzte Stück Weg zurück, bis wir uns einem Haus mitten in den Dünen nähern.

»Da wären wir. Pension *Wattblick*«, sagt der Typ, als er vor der Haustür stehen bleibt und meinen Koffer samt Rucksack auf dem Boden abstellt.

Papa nickt ihm freundlich zu. »Danke, das war sehr freundlich von Ihnen.«

»Kein Problem. So, ich muss dann weiter. Ich sollte noch ein paar andere Urlauber ausrauben, zumindest möchte ich es versuchen.«

Ich verdrehe die Augen. »Sehr komisch! Ich kann gleich nicht mehr vor lauter Lachen.«

»Ja, oder? Dann also schönen Urlaub auf Sylt.« Er hebt die Hand und geht in Richtung Strand davon. Ein merkwürdiger Kerl.

»Er war wirklich nett«, bemerkt Papa in diesem Moment, und ich stupse ihn leicht in die Seite.

»Warum sagst du nur andauernd, dass der Typ nett ist? Er hat unser Gepäck getragen und komische Witze gemacht. Also, was hast du vor? Mich mit dem erstbesten Inselkerl zu verkuppeln? Sicher nicht.«

Papa lächelt. »Vielleicht hat er ja auch einen versteckten Charme, den du erst noch entdecken musst.«

Ich schnaube. »Klar, und das Meer färbt sich vielleicht irgendwann rosarot.«

»Na ja, Sylt ist schließlich für Überraschungen gut. Und wer weiß, er könnte ja der Junge von damals sein, dann solltest du nicht so gemein zu ihm sein. Ich sage nur Fluch und so.«

»Nein, Papa. Das war er sicher nicht.«

Noch einmal blicke ich ihm nach, aber er ist schon ziemlich weit entfernt. Wie auch immer. Er ist weg, und ich werde ihn vermutlich nicht wiedersehen. Zum Glück.

»Na, was sagst du?« Papas Stimme drängt sich in meine Gedanken. »Sieht doch schick aus, oder?«

Schick? Was um alles in der Welt meint er? Ach ja, die Pension.

Ich lasse meinen Blick schweifen, mustere das in die Jahre gekommene Reetdach, die verwitterte Holzfassade und die Fensterläden, von denen bereits die Farbe abblättert. »Ein bisschen renovierungsbedürftig ist das Haus ja schon. Aber sonst sieht es ganz nett aus.«

»So ist das eben«, entgegnet Papa. »So ein Anwesen zu unterhalten, bedeutet eine Menge Aufwand. Aber die Lage ist ein Traum. Also, dann lass uns mal reingehen.« Er geht zu der hölzernen Eingangstür und öffnet sie.

»Bauen die hier um?«, frage ich, als ich einen Blick ins Innere erhasche, denn irgendwie steht hier allerhand Zeug herum.

Bevor Papa auch nur ein Wort dazu sagen kann, fliegt ein Koffer die Treppe neben der Haustür herunter und poltert über die letzten Stufen zu Boden. Direkt vor unseren Füßen bleibt er mit einem lauten Rumps liegen.

»Nimm deine Sachen und verschwinde! Ich bin so was von sauer!« Eine Frauenstimme hallt durch den Raum, und etwas fliegt dem Koffer jetzt hinterher. Ist das eine Tasche?

Du liebe Zeit, was ist denn hier los?

»Ich glaube, wir kommen zu einem ungünstigen Zeitpunkt«, meint Papa ironisch.

»Ach, glaubst du wirklich?«

»Ich gehe ja schon, ich gehe ja schon, du alte Ziege!« Hinter dem Koffer und der Tasche stampft nun ein Mann die Stufen herunter. Er dürfte etwa um die sechzig sein, hat etwas schüttere graumelierte Haare und trägt eine Windjacke in derselben Farbe. »Du hast ja einen an der Waffel, du alte Miesmuschel«, brummt er.

Sofort ertönt wieder die Stimme der Frau. »Alte Miesmuschel? Du kannst mich mal!«, keift sie.

»Nee, danke. Alten Fisch hatte ich bereits gestern.« Er greift nach dem Koffer und der Tasche, und als er sich wieder aufrichtet, bemerkt er Papa und mich. »Moin. Machen Sie hier Urlaub?«

Papa nickt, während ich wie versteinert dastehe. Passiert das gerade wirklich?

»Dann sehen Sie mal lieber zu, dass Sie so schnell wie möglich von hier verschwinden. Die sind wahnsinnig in diesem Haus«, sagt der Mann und deutet die Treppe hinauf.

»Wahnsinnig? Du spinnst wohl!«, kommt es augenblicklich wieder von oben.

»Ja, mit anderen Worten, ihr habt sie nicht mehr alle. Und sag deiner Schwester, dass sie mich nicht mehr anrufen soll!« Der Mann geht nun seelenruhig mit seinem Gepäck an uns vorbei und verlässt das Haus.

»Dieser, dieser … Ich bringe ihn um. Ich bringe dich um, hörst du!« Die Frau mit den weißblonden dauergewellten Haaren, die nun fluchend die Treppe herunterkommt, stockt, als sie Papa und mich entdeckt.

Papa räuspert sich. »Also, falls Sie ihn umbringen möchten, ich habe ein Bestattungsunternehmen«, sagt er jetzt auch noch. Die Frau sieht uns entgeistert an, worauf er schnell hinzufügt: »Entschuldigung, wir wollten nicht stören, aber wir haben ein … äh, zwei Zimmer gebucht. Ich hatte angerufen.«

»Ach du liebe Zeit. Sie waren das, ja.« Die Frau fasst sich an die Stirn. »Hat man Ihnen denn nicht Bescheid gesagt?«

»Nein, nicht dass ich wüsste. Weshalb denn?«

Sie seufzt. »Das tut mir wirklich leid. Sie sehen ja selbst, hier herrscht seit zwei Tagen das reinste Chaos. Der Sturm ist durchgefegt, und Ihre Buchung hätte nie bestätigt werden dürfen. Ich dachte, meine Schwester hätte sich bei Ihnen gemeldet. Das ist ja mal wieder typisch, die hatte anderes im Sinn und lässt mich jetzt auch noch allein hier sitzen. Erst bindet sie mir vor ein paar Tagen diesen Gockel ans Bein und dann das. Aber gut, ich sehe mal nach. Irgendwie kriegen wir das hin.« Sie trottet hinter den Empfangstresen, leckt sich die Spitze ihres Zeigefingers ab und blättert dann in dem Buch, das neben der Computertastatur liegt. »Lichtenberg oder so ähnlich, nicht wahr? Mensch, ja, da steht es noch.« Sie brummt irgendetwas vor sich hin, das ich nicht verstehe, und sagt dann wieder etwas lauter: »Was machen wir denn jetzt? Ach da, Zimmer sieben hätte ich noch. Ja, genau. Das müsste gehen.« Sie hebt den Kopf und sieht uns an. »Zimmer sieben kann ich Ihnen anbieten. Frühstück gibt es auch, ruhiger wird es jedoch vermutlich erst wieder in drei oder vier Tagen. Wir haben da ein Problem mit dem Wasser …« Sie winkt ab. »Ich bin übrigens Renate.«

»Sieben? Also nur ein Zimmer?«, hake ich nach, weil Papa ja zwei Zimmer reserviert hat.

»Ja, eines«, entgegnet Renate kurz und knapp. Okay.

»Und ein zweites Zimmer ist gerade nicht möglich?«, fragt Papa. »Sehen Sie, wir verstehen uns gut, aber ich respektiere auch, dass meine Tochter gern etwas Privatsphäre hätte. Und mir geht es genauso. Außerdem schnarcht sie ziemlich.« Ich gebe Papa einen Schubs, worauf er mich erstaunt ansieht. »Was? Ist doch so.«

Ein leichtes Grinsen huscht über Renates Gesicht. »Ich verstehe.« Sie blättert erneut durch die Seiten. »Nein, leider erst in drei, vier Tagen, tut mir leid. Aber ich hätte da vielleicht eine Idee …«

Sie leckt sich schon wieder den Zeigefinger. Ah!

»Moment«, murmelt sie, dann tippt sie auf ihrem Handy herum, und es dauert kurz, bis sie zu sprechen beginnt. »Hallo Piet? So ein Glück. Hier ist Renate vom *Wattblick*. Ich habe da zwei Gäste, die gerade angekommen sind, aber leider ist uns ein Missgeschick mit der Buchung passiert. Und dann haben wir ja auch noch dieses Chaos durch den Sturm. … Jaja, das Wetter ist unberechenbar. Ein Wunder, dass keine Schafe durch die Luft geflogen sind.« Sie hebt die Hand und verlässt dann den Tresen, vermutlich, um ungestörter sprechen zu können. Während sie in einen Nebenraum verschwindet, höre ich sie lachen. »Ach so. Stimmt, du sagst es. … Oh, das wäre super. Habt ihr? … Ja? Ich warte.«

Kurz ist es still. Ich blicke zu Papa, der den Daumen nach oben reckt und grinst.

Schon kommt Renate zurück. Sie legt das Telefon auf den Tresen und reibt sich die Hände. »Also, ich habe gute Neuigkeiten. Wir haben die Möglichkeit, einen von Ihnen beiden auf dem Syltseehof unterzubringen. Der ist gleich hier um die Ecke, nur wenige Minuten entfernt. Sie müssen erst an der Bar vorbei, und dann geht's vom Strand aus direkt zum Hof. Wenn Sie möchten, nehmen die einen von Ihnen auf.«

Sie nehmen einen von uns auf. Wie sich das anhört. Als ob wir Flüchtige wären.

»Na, das klingt doch super«, sagt Papa und sieht mich an. »Was meinst du?«

»Ein richtiger Bauernhof? Liegt er denn am Meer?«, will ich wissen.

Renate nickt. »Ja, und er ist wirklich sehr schön.«

»Okay, aber ich würde mir das Zimmer dort gern mal ansehen, bevor ich mich entscheide.«

Sie kritzelt etwas auf den Notizblock, der vor ihr auf dem Tresen liegt. »Das verstehe ich. Sie können gern mal hinspazieren, und ich mache inzwischen hier Zimmer sieben fertig. Wollen Sie das auch gleich mal sehen?«

»Ja, das ist eine gute Idee«, antwortet Papa.

Renate dreht sich um und nimmt einen silbernen Schlüssel von der Hakenleiste an der Wand.

»Na schön.« Ich seufze kaum hörbar, denn ich habe jetzt schon keine Lust, mein Gepäck nachher zu diesem Hof zu schleppen. Hallo, ich wollte Erholung!

»Gut, dann mir nach.« Sie gibt uns ein Handzeichen, ihr zu folgen, und steigt dann vor uns die Treppe nach oben.

Im Vorbeigehen werfe ich einen kurzen Blick auf die Fotos, die an der Wand hängen und auf denen

Meeresmotive abgebildet sind. Schließlich betreten wir einen Flur, von dem einige Türen zu den Zimmern abgehen.

Vor Zimmer sieben bleibt Renate stehen. »So, dann wollen wir mal.« Sie schiebt den Schlüssel ins Schloss und dreht ihn herum.

Okay, echt jetzt? Das ist ja … Wie beschreibt man denn diesen Einrichtungsstil am besten? Retro-rustikal?

»Bezaubernd, noch genau wie damals«, sagt Papa freudig, während er sich im Raum umsieht. Meint er das tatsächlich ernst?

Nun lächelt Renate sogar. »Ach, waren Sie schon mal bei uns zu Gast?«

»Ja, deswegen habe ich Sie ja kontaktiert. Das ist allerdings schon gut fünfzehn Jahre her. Anni war damals ein kleines Pubertier.«

»Papa!«, ermahne ich ihn.

»Was denn? War doch so.«

»Wie schön.« Renate wirkt auf einmal wie ausgewechselt. »Dann sind wir uns bestimmt mal begegnet. Ich war damals auch noch jünger. Nach dem Tod von Frau Svenson habe ich die Pension übernommen. Ich bin ihre Nichte.«

Papa nickt eifrig. »Das kann gut sein. Der Name Svenson sagt mir etwas.«

Renate macht eine ausladende Handbewegung. »Nun, es ist zwar nicht so luxuriös wie in den großen Hotels, aber wenn alles gelüftet und geputzt ist, wird das schon. Darum kümmere ich mich nachher gleich.«

»Natürlich. Also, was sagst du, Anni?« Papa stupst mich mit dem Ellenbogen an.

»Wenn es dir gefällt, ist das doch super. Ich würde mir dann gern das Zimmer auf dem Hof ansehen.«

»Klar, das machen wir. Das Gepäck können Sie erst mal hier stehen lassen, bis Sie sich entschieden haben«, erklärt Renate nun, während wir das Zimmer wieder verlassen und die Treppe nach unten gehen. »Auf dem Hof wissen sie Bescheid, dass Sie kommen. Fragen Sie nach Piet Sörens, mit ihm habe ich gesprochen.«

Piet Sörens. Kommt mir der Name vielleicht bekannt vor? Ich bin jedenfalls gespannt.

Nett ist irgendwie so
wie die Algen im Meer:
Sie sind da, aber niemand
möchte sie wirklich haben.

Flirtalarm

»Das war ja mal eine lustige Begrüßung«, meint Papa, als wir uns ein Stück von der Pension entfernt haben.

Ich verdrehe die Augen. »Ja, sehr charmant. Ich bin schon gespannt, was uns auf diesem Hof erwartet.«

»Ich auch. Aber wenn die Aussicht nur halb so schön ist, dann ist es eine gute Alternative.« Er bleibt stehen und blickt auf das Meer, das nun direkt vor uns liegt. Der Strand wirkt beinahe endlos, und die Strahlen der Sonne lassen das Wasser glitzern. »Ist es nicht wunderschön?«

Ja, er hat recht, es ist wirklich sehr schön. Die Strandkörbe leuchten im Sonnenlicht, das sich auf den weiß-blau gestreiften Stoffabdeckungen spiegelt. Oder sind die aus Plastik? Keine Ahnung.

Papa geht nun auf das Meer zu, und ich folge ihm. Wenig später ziehen wir die Schuhe aus und lassen unsere Füße vom Wasser umspülen. »Ich liebe das Meer, ich kann es kaum erwarten, hier Zeit zu verbringen«, sagt er, während er sich staunend umsieht.

»Na, dann sollten wir uns beeilen, dass ich auch ein Zimmer bekomme. Ansonsten werde ich bei dir bleiben und dir schnarchend Gesellschaft leisten müssen.«

Er lacht. »Oh, wenn das so ist, dann sollten wir uns echt mal beeilen.«

Wir schlendern den Strand entlang, bis wir an einem Haus vorbeikommen, vor dem einige Leute sitzen, Essen und Getränke zu sich nehmen und dabei den Blick aufs Meer genießen. Das ist wohl die Bar, von der Renate gesprochen hat. Leise Loungemusik erklingt, und auch wenn ich gerade noch etwas mürrisch bin, muss ich zugeben, dass alles hier ausgesprochen gemütlich wirkt. Weiche Sitzkissen, Liegestühle und traditionelle Strandkörbe laden zum Verweilen ein, bunte Sonnenschirme spenden angenehmen Schatten. In der Luft liegt der Duft von frisch gegrilltem Fisch vermischt mit der salzig-frischen Meeresbrise. Die ganze Szenerie wirkt so entspannt und harmonisch, dass ich mir vornehme, ganz bald einmal hierherzukommen.

»Wollen wir was trinken?«, fragt Papa in diesem Augenblick.

Ich schüttle den Kopf. »Ehrlich gesagt würde ich erst gern die Sache mit dem Zimmer klären.«

»Na gut, erst die Arbeit, dann das Vergnügen.«

»So ist es.«

Wir gehen weiter, vorbei an Holzpfählen, die aus dem Wasser ragen. »Was ist denn das?«

»Buhnen, die waren mal für den Küstenschutz gedacht«, antwortet Papa. »Das hat mir damals ein Einheimischer erklärt. Sie bringen nicht wirklich etwas, aber hübsch anzusehen sind sie.«

Unsere Füße sind inzwischen getrocknet, und so schlüpfen wir wieder in unsere Schuhe.

Gerade überlege ich, wie weit es wohl noch ist, als Papa nach vorn deutet. »Schau, da ist schon ein Schild. Syltseehof. Siehst du?«

Der Weg führt nun vom Strand weg auf einen Bauernhof zu. Die Gebäude sind hell gestrichen, haben Reetdächer und wirken zumindest auf die Entfernung sehr einladend. Wenig später geht es an einigen Obstbäumen vorbei, und ich kann nun auch mehr und mehr Details erkennen. Ja, das alles hier sieht wirklich gut aus.

Vor dem größten Gebäude, das wohl das Wohnhaus ist, stehen cremeweiße Sonnenschirme und darunter ein paar Tische aus grün lackiertem Metall, an denen einige Leute sitzen, trinken und essen. Schon zieht ein leckerer Duft nach Kaffee, Gebäck und Früchten in meine Nase. Das scheint wohl eine Art Bauernhofcafé zu sein.

»Hier riecht es aber gut«, meint Papa in diesem Augenblick. »Nach Kaffee und Kuchen. Da läuft mir gleich das Wasser im Mund zusammen.«

Ich bleibe stehen und sehe ihn ernst an. »Halte dich zurück, Papa. Dieses ganze buttrige Zeug ist nicht gut für deinen Cholesterinspiegel.«

»Willst du mich veralbern?« Um seine Mundwinkel zuckt es.

»Ich sage es ja nur.«

»Ausgerechnet du sagst das. Erst vor ein paar Tagen hast du in einem Sarg gelegen und deinen Wodkarausch ausgeschlafen. Da werde ich doch wohl ein bisschen Kuchen essen dürfen.«

Ergeben hebe ich die Hände und grinse. Er hat ja recht.

Eine Frau mittleren Alters kommt in diesem Moment aus dem Gebäude. Sie trägt eine Schürze mit Blumendruck, dazu Jeans und eine weiße Bluse und hält ein Tablett mit Geschirr in den Händen. Als sie uns entdeckt, kommt sie auf uns zu. »Moin, kann ich Ihnen helfen?«

Das Strahlen in Papas Gesicht könnte breiter nicht sein. Ernsthaft jetzt? Wird er gerade rot um die Wangen? »Renate von der Pension *Wattblick* hat uns geschickt. Wir sollen mit Piet Sörens sprechen wegen …«

»Wegen des Zimmers? Ja, mein Sohn hat es mir erzählt, bevor er wieder losgefahren ist. Wir können gern mit einem kleinen Apartment aushelfen. Für Sie beide?«

Papa schüttelt den Kopf. »Nein, nur für meine Tochter.«

»Anni Lichtenberg«, stelle ich mich jetzt vor, und sie nickt.

»Freut mich, Anni. Gut, wenn Sie möchten, zeige ich Ihnen das Apartment. Es wurde erst gestern unerwartet frei. Sie haben also Glück.«

»Du hast Glück, hörst du?«, wiederholt Papa. »Na, das klingt doch nach Schicksal.«

Die Frau lächelt ihm zu. »Ach ja? Glauben Sie an das Schicksal?«

Die beiden sehen sich nun auffällig lang in die Augen. »Absolut! An das Schicksal und an Buchungsbestätigungen«, entgegnet Papa.

»Wie schön, ich ebenfalls.« Daraufhin lachen beide. Oha, Flirtalarm!

»Tut mir leid, ich habe mich noch gar nicht vorgestellt. Ich bin Gregor Lichtenberg.« Er reicht der Frau seine Hand.

»Freut mich. Ich bin Inga, Inga Sörens.«

Schließlich folgen wir ihr ins Haus. Es geht durch den Hofladen und danach durch eine große, gemütliche Wohnküche, die sich direkt an den Laden anschließt. Von dort gelangen wir in den Eingangsbereich der Pension. Inga tritt hinter den Rezeptionstresen aus hellem Holz, wirft einen Blick in den Computer, der dort steht, und holt einen Schlüssel aus einer Schublade.

Sie lächelt mich an. »Apartment Nummer zwei ist für Sie reserviert, Anni.« Dann führt sie uns durch einen kleinen Flur und bleibt vor einer Tür aus dem gleichen hellen Holz stehen. »So, da wären wir.« Sie steckt den Schlüssel ins Schloss und öffnet die Tür.

Als wir das Zimmer betreten, bin ich sofort angenehm überrascht. Ein großes Bett mit frischer blütenweißer Wäsche, ein geräumiger Schrank mit zwei hohen Spiegeltüren, eine gemütlich aussehende Sitzgruppe, eine kleine Kochnische und ein Bad. Zudem duftet es frisch geputzt und nach Blumen. Ja, ich habe wirklich keinen Grund zu meckern. Damit habe ich nicht gerechnet.

»Klein, aber fein«, erklärt Inga stolz. »Wir haben in den letzten Monaten hier auf dem Hof einiges renoviert und vor allem den Gästebereich ausgeweitet.«

Papa nickt. »Wirklich sehr fein. Was meinst du, Anni? Kriegen wir das für die paar Tage hin?«

»Also, ich finde es sehr schön hier«, antworte ich. »Es gibt hier wohl nichts, was mich stören könnte. Und das Meer ist ja auch nicht weit entfernt.«

»Das freut mich zu hören.« Inga genießt das Kompliment sichtlich. »Ist es denn so schlimm bei Renate? Ich konnte noch nicht mit ihr sprechen.«

»Nun, es war schon etwas los, aber …«

»Es ist eine halbe Baustelle«, unterbreche ich Papa.

»Oje, die Arme. Und für Sie tut es mir auch leid, Sie haben ja Urlaub.«

Papa winkt ab. »Alles halb so wild. Wirklich.«

Inga löst sich von Papas Blick und drückt mir den Schlüssel in die Hand. »Gut, dann also herzlich willkommen bei uns auf dem Syltseehof. Da fällt mir ein, haben Sie kein Gepäck?«

»Doch, aber das ist noch in der Pension. Ich wollte mir erst mal hier alles ansehen und nicht gleich alles herüberschleppen«, sage ich.

»Ich verstehe. Da Sie das Zimmer ja nehmen, rufe ich am besten meinen Sohn an. Er kann das Gepäck dann gern auf dem Nachhauseweg abholen und hierherbringen. Ich frage ihn mal, wie lange er noch braucht.«

Während sie ihr Handy aus der Schürzentasche holt und eine Nummer wählt, wandert mein Blick aus dem Fenster. Draußen fährt gerade ein weißer Lieferwagen auf den Platz vor dem Hofladen. Am Steuer sitzt der Kerl von vorhin. Das darf doch nicht wahr sein!

Ich deute auf ihn. »Ist das zufällig Ihr Sohn?«

Sie lächelt. »Natürlich, da ist er ja schon.«

»Ist das ein Zufall«, sagt Papa. »Er hat uns vorhin geholfen, das Gepäck vom Bus in die Pension zu tragen.«

Ich kann es nicht glauben. Es schien doch alles so perfekt zu sein. Ich dachte, nichts könnte mich hier stören, aber da habe ich mich wohl getäuscht.

Schon wieder er

Wenig später verlassen wir das Apartment und gehen wieder hinaus auf den Platz vor dem Café. Der Kerl – Piet, wie ich jetzt weiß – lädt gerade etwas aus dem Lieferwagen aus. Als er uns entdeckt, kommt er uns grinsend entgegen. »Na, hat etwas aus deinem Koffer gefehlt?«, ruft er mir zu.

Inga sieht ihren Sohn entrüstet an. »Bitte? Piet, das sind unsere Gäste. Also zumindest Anni.« Sie deutet auf mich.

»Spaß beiseite«, entgegnet er. »Ich dachte, ihr seid in Renates Pension untergebracht. Aber dann seid ihr wohl die beiden Sorgenkinder.«

Sorgenkinder? Also wirklich.

»In der Pension gab es leider Probleme wegen des Sturms«, erklärt Inga. »Renate hatte nur noch ein freies Zimmer und hat sich daher an uns gewandt. Sie hat dich doch angerufen?«

Piet nickt. »Klar, das hat sie. Ich wusste nur nicht, dass es sich bei den Gästen um euch handelt. Und jetzt soll ich vermutlich das Gepäck abholen?«

»Ja, es wäre toll, wenn du das machen könntest.«

Er grinst noch breiter und deutet eine Verbeugung in meine Richtung an. »Gern, aber nur, wenn du es erlaubst.«

»Also Piet, wirklich«, protestiert Inga.

»Er macht nur Witze«, beruhigt Papa sie. »Anni war vorhin … na ja, als Piet uns da auch schon mit dem Gepäck geholfen hat, fürchtete sie, er würde etwas klauen.«

Wie peinlich!

»Das … das habe ich so nicht gesagt«, stammle ich. »Er ist nur so schnell losgelaufen, da kam mir kurz der Gedanke, dass er jetzt einfach mit dem Gepäck davonrennen könnte. Zudem hatte er mich zuvor angerempelt, sich nicht entschuldigt und …« Ich erspare es mir und den anderen jedoch, ausführlich auf sein Machogehabe einzugehen.

»Ich habe nun mal einen guten Schritt. Und entschuldigt habe ich mich.« Piet klimpert ungeduldig mit dem Autoschlüssel. »Also, wie machen wir es denn jetzt? Ich müsste nämlich vorher noch was erledigen. Können wir uns in einer Stunde treffen?«

»Aber klar«, antwortet Papa. »Dann trinken Anni und ich vorher noch etwas unten an der Strandbar. Die sieht sehr gemütlich aus.«

Ich nicke, kann es mir jedoch nicht verkneifen, Piet einen genervten Blick zuzuwerfen. Was er da von sich gegeben hat. Also wirklich.

Während er mit seiner Mutter den Hofladen betritt, verabschieden Papa und ich uns in Richtung Strand.

»Ich dachte erst, der Hof ist super, und dann taucht ausgerechnet dieser Typ auf«, sage ich, als wir ein Stück vom Hof entfernt sind. »Das Karma bestraft mich tatsächlich. Mit einem nervigen Machokerl.«

Papa lacht. »Ach Unsinn, ich finde ihn sympathisch. Und ein Macho ist er keineswegs.«

»Was? Der Kerl macht nichts als doofe Sprüche und ist in deinen Augen sympathisch? Wenn ich dir Männer vorgestellt habe, die nett waren und sich anständig benommen haben, meintest du immer nur, dass sie nichts für mich seien.«

»Das stimmt allerdings«, pflichtet Papa mir bei. »Denn haben sie sich am Ende wirklich als nett entpuppt? Oder hatte vielmehr dein Papa recht, hm?«

Ich lache. »Nein, aber …«

»Siehst du, ich habe in dieser Hinsicht schon einen Riecher.«

Okay, das muss ich wohl oder übel zugeben. »Aha. Und diese Inga, wie findest du die?«, frage ich ein wenig provokant. Denn dass er mit ihr geflirtet hat, war ja mehr als offensichtlich.

»Auch wirklich sympathisch.«

Aha, also doch. Hat mich mein Gefühl nicht getäuscht.

»Jaja, dann lass uns mal zu dieser Strandbar gehen. Ich muss auf den Schreck unbedingt was trinken.«

Als wir die Bar erreichen, suchen wir uns einen schönen Platz auf den Sesseln im Außenbereich. Die Luft hier draußen ist so angenehm, dass ich sie am liebsten in ein Schraubglas füllen und mitnehmen würde. Einmal Meeresbrise bitte. In der staubigen Großstadt wäre das doch der Renner.

Beschwingt durch diesen Gedanken studiere ich die Karte. »Krabbenbrötchen müssen sein, oder?«, frage ich Papa.

»Ja, unbedingt.«

In diesem Augenblick tritt bereits der Kellner an unseren Tisch. »Moin, was darf's sein?« Wir geben ihm unsere Bestellung auf: Krabbenbrötchen und Limonade.

Als er wieder weg ist, atmet Papa tief durch. »Herrlich, oder? Das habe ich echt vermisst. Das Meer, Strand, Sonne, Urlaub. Was will man mehr? Gib es zu, das hat schon was. Gut, der Start in der Pension lief nicht ganz nach Plan. Aber das macht es doch aus.«

»Du meinst das Chaos mit dem Zimmer?«

Papa grinst. »Das Gesicht dieses Kerls, der da die Treppe herunterpolterte, war zu gut.«

»Ja, da sagst du was.«

»Und an der Sache mit dem Zimmer siehst du mal wieder, dass es doch immer eine Lösung gibt. Alles halb so wild, nicht wahr? Jetzt hast du sogar ein noch viel schöneres Zimmer bekommen. Das ist doch ein Glücksfall.«

Der Kellner kommt und stellt die Getränke und Krabbenbrötchen vor uns ab.

Papa greift gleich nach seinem Limonadenglas. »Das ging ja schnell, danke.«

Zuletzt legt der Kellner noch einen Flyer auf den Tisch. »Wenn ihr Lust habt – heute Abend wird hier gegrillt, da gibt es ein Büfett und Musik. Seid ihr Gäste vom Syltseehof?«

Papa nimmt den Flyer und betrachtet ihn. »Nur meine Tochter.«

»Sehr schön. Der Hof ist toll.« Der Kellner lächelt mir zu, dann wendet er sich wieder an Papa. »Und wo sind Sie untergebracht?«

»In der Pension *Wattblick* bei Renate.«

»Ach, die Arme. Das Unwetter war wirklich schlimm. Aber die Pension ist auch eine gute Wahl. Und überlegen Sie es sich mit dem Grillabend. Das Essen ist wirklich zu empfehlen.«

Papa nickt. »Danke, wir schauen bestimmt vorbei.«

Der Kellner wünscht uns noch einen guten Appetit und geht dann zum nächsten Tisch.

»Na, was meinst du?«, fragt Papa mich. »Klingt doch gut, oder?«

Ich mustere jetzt ebenfalls den Flyer. »Ja, sieht nett aus. Das können wir uns ja noch überlegen.«

Schließlich hebt Papa lächelnd sein Glas. »Prost, Tochter, auf das Leben.«

»Ja, und auf das Schicksal«, antworte ich und lasse mein Glas gegen seines klirren. »Übrigens habe ich vorhin genau gesehen, wie du Inga angeschaut hast. Ich wusste gar nicht, dass du so flirten kannst.«

»Aber hallo, warum denn nicht? Sie ist eine sehr sympathische Frau.«

Ich überlege kurz. »Okay, bei ihr gebe ich dir recht, aber nicht bei diesem Piet. Der ist echt … schräg.«

»Dafür, dass du ihn nicht leiden kannst, beschäftigst du dich ganz schön viel mit ihm.«

»Wie bitte? Überhaupt nicht. Aber ich habe schon etwas Angst, dass er mir jetzt, wo ich auf dem Hof wohne, mit seinen Sprüchen auf die Nerven geht.«

»Das wirst du ja noch sehen.« Er blickt auf die Uhr. »Es wird Zeit zu gehen. Wir sollten ihn nicht warten lassen.«

Nachdem wir gezahlt haben, machen wir uns auf den Weg zur Pension, und tatsächlich steht Piets weißer Lieferwagen bereits vor dem Haus. Piet ist gerade dabei, die Tür des Laderaums zu schließen.

Als er uns entdeckt, kommt er auf uns zu. »Moin, so sieht man sich wieder. Da könnte man ja fast sagen, alle guten Dinge sind drei«, meint er grinsend.

Ich rolle mit den Augen. »Ja, super. Wunderbar. Also, wollen wir dann los?«

Doch meine Frage bleibt unbeantwortet, denn Papa zieht das Gespräch an sich, indem er Piet die Hand reicht. »So, und jetzt noch mal offiziell: Ich bin Gregor.«

»Freut mich.« Piet streckt mir jetzt ebenfalls seine Hand entgegen. »Darf ich Anni sagen?«

Ich möchte mal nicht so sein und ergreife die Hand. »Na schön.«

»Deinen Koffer hat mir Renate schon gegeben. Ich wusste ja, welcher es ist.«

»Und der Rucksack?«

»Liegt auf dem Beifahrersitz. Also, fahren wir dann?«

»Ja, das können wir machen«, antworte ich und sehe zu Papa. »Oder brauchst du mich noch?«

»Nein, nein, alles gut. Lass uns jetzt erst mal unsere Sachen auspacken, und dann telefonieren wir einfach wegen später, ja?«

»Okay, so machen wir es.«

Piet öffnet mir die Beifahrertür. »So, einsteigen bitte, gleich geht's los.«

Ich lasse mich auf den Sitz fallen und stelle den Rucksack neben mich, dann schließe ich die Tür.

Piet setzt sich auf die Fahrerseite und startet den Motor. »Du warst also schon mal auf Sylt?«, will er wissen, während er losfährt. »Wie alt warst du da? Dein Papa meinte, du müsstest dreizehn oder so gewesen sein.«

»Ja, es ist lange her«, antworte ich nur und sehe dabei aus dem Seitenfenster.

»Du scheinst ja nicht so begeistert zu sein, dass du jetzt wieder hier bist. Oder täusche ich mich?«

Ich zucke mit den Schultern. »Doch, ich freue mich schon auf den Urlaub. Mal sehen, was so passiert. Es war ja eine ziemlich spontane Entscheidung.«

»Auf was bist du denn aus?«

Hä? Was ist das für eine Frage? Was will er denn jetzt hören?

»Ich bin auf gar nichts aus«, erwidere ich bestimmt. »Ich möchte mich in erster Linie erholen. Es war wie gesagt ein ziemlich spontaner Entschluss, genauer gesagt Papas Idee. Er wollte unbedingt noch mal in die Pension, in der wir früher auch schon waren, weil er … na ja, schöne Erinnerungen daran hat.«

»Und du nicht?«

»Ich weiß nicht so recht. Es war damals schon schön, aber ich war erst dreizehn. An so viel kann ich mich auch nicht mehr erinnern.«

»Und bei der Arbeit konntest du dir so kurzfristig freinehmen?«, fragt er weiter.

»Ja, ich feiere ohnehin gerade meine Urlaubstage aus dem letzten Jahr ab. Und Erholung brauchen wir doch alle einmal.«

»Da hast du auch wieder recht.« Er wendet den Kopf kurz zu mir und grinst mich an.

»Was ist?«

»Nichts. Du bist immer noch sauer?«

»Sauer? Ich bin nicht sauer. So wichtig bist du auch wieder nicht.«

Kam das jetzt zickig rüber?

»Klar. So, da sind wir schon.« Er parkt den Lieferwagen auf dem Platz vor dem Hauptgebäude und schnallt sich ab.

»Das ging ja schnell.«

»Es ist ja auch nicht weit von der Pension hierher.« Nun steigt er aus dem Auto aus, geht nach hinten und öffnet den Laderaum. Ich folge ihm.

»Hier, bitte schön. Unbeschädigt.« Er reicht mir meinen Koffer, und ich greife danach. Den Rucksack habe ich auch bereits aus dem Auto mitgenommen.

»Danke.«

»Kein Problem. Den Schlüssel hast du? Apartment zwei.«

»Ja, den hat mir deine Mama schon gegeben.«

Er sieht mich an. »Also, wenn du irgendwas brauchst, kannst du gern zu mir kommen, jederzeit.« Er zwinkert mir zu, und ich muss lachen.

»Okay, was wird das jetzt? Flirtest du mit mir?«

»Was? Nichts, ich habe dir nur gesagt, dass du Bescheid geben kannst, wenn du mich brauchst.«

Wenn ich ihn brauche? Na dann.

Auf einmal beginnt er, mich mit leicht zusammengekniffenen Augen zu mustern. »Ich weiß nicht, irgendwie …«

»Was?«

»Es klingt merkwürdig, doch du kommst mir irgendwie bekannt vor.«

»Hahaha.« Ich tippe mir mit dem Zeigefinger an die Schläfe. »Baggerst du mich etwa doch an?« Wobei ich mir ja auch dachte, dass er mir bekannt vorkommt, als ich seinen Namen hörte.

»Nein, ich sage es nur.«

»Genau. Und wofür sollte ich dich brauchen?« Er grinst, und ich gebe ihm keine Gelegenheit zu antworten. »Du bist echt schlimm. Aber genau so schätze ich dich ein.«

»Wie denn? Das würde mich jetzt schon interessieren.«

»Ich weiß genau, was für ein Kerl du bist. Und ich habe alles gehört, was du im Bus über deine arme Freundin gesagt hast. Dass sie alt ist und … und mal ausgetauscht gehört. Das war richtig mies von dir.«

Belustigt starrt er mich an. »Ach ja? Das hast du also gehört?«

»Ja! Und ich sage dir mal was: Solche Kerle mag ich nicht.«

»Oh, da fühlt sich wohl jemand persönlich angesprochen?«

»Bitte was?«

»Na ja, sonst würde dich das nicht so treffen, oder? Du wurdest wohl auch ausgetauscht?«

Unwillkürlich muss ich daran denken, wie die Sache mit Theo Anfang des Jahres abgelaufen ist. Ich habe ihn erwischt, als er bei einem »Männerabend« mit einer anderen Frau im Arm Karaoke sang – und das ausgerechnet zu unserem Lied. Und na ja, beim Singen ist es anschließend nicht geblieben …

»Das geht dich gar nichts an«, erwidere ich etwas barscher als beabsichtigt. »Es ist nur ein gut gemeinter Rat, denn das Karma trifft uns alle. Und in diesem Jahr besonders, wir haben nämlich das Jahr des Karmas.«

Er mustert mich, dann lacht er tatsächlich. »Das Jahr des Karmas? Bist du eine Art Kartenlegerin oder so was?«

So ein blöder … Warum musste ich das auch sagen?

»Ja, das bin ich. Und soll ich dir was sagen? Deine Karten stehen gar nicht gut.« Ich verschränke die Arme vor der Brust.

»Oh, na dann … Übrigens habe ich das nur in Bezug auf das Zimmer gemeint. Also dass du mir Bescheid geben sollst, wenn du mich brauchst. Aber gut zu wissen, dass du gleich gedacht hast, ich flirte mit dir.«

Wie peinlich. »Ja, klar. Soll ich das wirklich glauben?«

»Das ist so, also entspann dich mal.«

»Ich bin entspannt«, antworte ich entschieden. »Aber ich wollte es gleich von Anfang an klarstellen. Auch wenn du jetzt so tust, weiß ich schon, was du für einer bist. Koffer tragen, nett lächeln und dann die Urlauberinnen um den Finger wickeln.«

Er lacht. »Ja, genau so einer bin ich. Gut, dass du das erkannt hast. Na dann, einen schönen Aufenthalt noch«, sagt er, dann wendet er sich ab und geht davon.

So ein Idiot. Also wirklich.

Es gibt Momente, die einen
innerlich nicht loslassen.
Für die Zukunft ist es wichtig,
sich davon zu befreien.

Jetzt macht alles Sinn

»Na, wie ist es?«, will Bine neugierig wissen. Kaum habe ich meine Sachen ausgepackt, ruft sie mich auch schon an, und ich erzähle ihr schnell, was bislang alles passiert ist.

»Das ist ja lustig«, meint sie. »Und du wohnst jetzt also auf dem Syltseehof und dein Papa in der Pension?«

»So ist es. Auf dem Syltseehof mit diesem bescheuerten Piet. Ah, er nervt mich wirklich.«

»Jaja, ich glaube dir aufs Wort. Das hört sich sehr dramatisch an«, veralbert sie mich. »Syltseehof also, da muss ich gleich mal nachsehen …« Mit einem Mal sprudeln die Worte nur so aus ihr heraus. »Hui, Syltseehof hast du gesagt? Da bist du? Ich habe gerade danach gegoogelt und …«

»Und?«

»Wow, das sieht ja mega aus. Auf dem Hof wurde sogar ein Film gedreht. Wusstest du das?«

»Echt, ein Film?« Ich bin jetzt doch etwas neugierig geworden.

»Ja, das musst du dir mal ansehen, ich schicke dir den Link. Und wie heißt der Typ noch mal? Piet?«

»So ist es. Der ist echt arrogant – ein Macho, wie er im Buche steht.«

»Moment, kurzer Check. Piet Sörens … Oh.«

Stille.

»Was ist?«

»Ja, der sieht schon attraktiv aus.«

»Findest du?«

»Ja, das finde ich. Du nicht?«

Was soll ich jetzt sagen? »Na ja, hässlich ist er nicht gerade. Aber wie gesagt total arrogant.«

Wieder Stille. Dann Gemurmel. »Weißt du was?«, fragt Bine auf einmal. »Findest du nicht, dass er wie der Junge auf dem Foto aussieht? Dessen Herz du angeblich gebrochen hast? Du musst zugeben, eine gewisse Ähnlichkeit mit ihm hat er schon.«

Okay … Ich stelle das Gespräch auf Lautsprecher und rufe auf meinem Handy das Bild auf. Kurz betrachte ich es. Tatsächlich, es ist so. Oder bilde ich es mir nur ein, und ich lasse mich von Bine beeinflussen?

»Und?«

Je länger ich mir das Foto ansehe, umso mehr denke ich, dass sie recht haben könnte. »Ja, wirklich, das könnte er sein«, sage ich. »Oh mein Gott. Würde das bedeuten, dass das Karma mich echt bestrafen möchte? Oh Mann, und dann wohne ich sogar im selben Haus wie er.«

»Weißt du wirklich nicht mehr, wie der Junge damals hieß? Das würde vieles erleichtern.«

»Nerv mich nicht. Nein, das weiß ich nicht. Gut, ich gebe zu, der Name Piet kam mir bekannt vor. Aber was weiß ich.« Erneut mustere ich das Foto. »Er meinte vorhin, ich würde ihm bekannt vorkommen. Jetzt macht das alles Sinn. Und ich habe ihn noch gefragt, ob das eine dumme Anmache von ihm ist.«

»Hahaha, du warst also gleich auf Krawall gebürstet.«

»Er hat doch angefangen und mich angerempelt … Aber das weißt du ja schon alles.« Ich seufze. »Oje, was mache ich denn jetzt?«

»Vielleicht möchte das Karma ja, dass du ihn triffst und alles mal klärst? Eine super Chance. Ich meine, besser geht es doch eigentlich nicht«, gibt Bine zu bedenken.

Ich gieße mir ein Glas Wasser aus der Flasche ein, die auf dem Tisch bereitsteht, und trinke es in einem Zug aus. »Wenn er es überhaupt ist. Vermutlich ist das alles sowieso Unsinn.«

»Das kannst du jetzt ja herausfinden. Kläre es, und die Sache hat sich erledigt. Dann hast du dein Karma gleich am Anfang poliert und bist von dem Fluch erlöst.«

Ich tippe mir an die Schläfe, obwohl ich weiß, dass sie es am Telefon nicht sehen kann. »Ja genau, du Spinnerin.«

»Also, ich finde es lustig.«

»Soll ich etwa zu ihm sagen: ›Hey, ich weiß, warum ich dir bekannt vorkomme. Ich habe dir vor mehr als fünfzehn Jahren vielleicht das Herz gebrochen. Erinnerst du dich?‹«

»Das kannst du machen. Klingt witzig.« Sie lacht.

»Oder verrückt!«

»Ja, oder das. Und, was hast du für heute noch geplant?«

»Papa wollte mit mir zu einer Strandfeier gehen. Bei der Bar hier ganz in der Nähe gibt es heute Abend eine Art Grillfest.«

»Na, das klingt doch gut. Und wer weiß, am Ende ist dieser Piet auch da. Dann könntest du gleich mal erste Karmapunkte sammeln.«

»Ach ja? Und wie soll ich das anstellen?«, frage ich. Wenn sie schon alles weiß, dann muss sie mir das auch beantworten können.

»Vielleicht solltest du erst mal nur nett zu ihm sein. Und dann irgendwie herausfinden, ob er es wirklich ist.«

»Hm. Na gut, mal sehen.«

In diesem Moment bekomme ich eine Nachricht von Papa. »Ich lege jetzt auf, Papa schreibt mir gerade.«

»Gut. Also, ich schicke dir ganz viel positive Energie. Hab dich lieb.«

»Ja, ich dich auch.« Dann beende ich das Telefonat.

Ehe ich auch das Foto wegklicke, sehe ich es mir noch einmal an. Kann er es wirklich sein? Falls ja, ist das nicht verrückt?

Dann lese ich Papas Nachricht.

Na, fertig? Bereit für die Feier am Strand?

Gerade als ich ihm zurückschreiben will, klingelt schon mein Handy. Es ist Papa.

»Hallo Liebes, ich dachte mir, wir reden lieber kurz, als hundertmal hin- und herzuschreiben. Also, was meinst du, gehen wir zu der kleinen Feier am Strand?«

»Ja, das können wir machen. Soll ich zu dir kommen?«

»Das wäre gut. Schaffst du es in einer halben Stunde?«

Ich sehe mich im Raum um. Meine Sachen habe ich so weit ja ausgepackt. Eigentlich wäre eine Dusche jetzt auch nicht schlecht, aber dafür reicht mir die Zeit nicht. »Das bekomme ich hin«, antworte ich schließlich.

»Super. Also bis gleich.«

Nachdem wir aufgelegt haben, gönne ich mir im Bad eine kleine Katzenwäsche, dann schlüpfe ich in ein geblümtes Sommerkleid, schnappe mir mein Handy und die Jeansjacke und verlasse das Apartment.

Den Fluch lösen?

Als ich über den Platz vor dem Hofladen gehe, wo noch einige Cafébesucher sitzen, muss ich an das Gespräch mit Bine denken. Kann Piet wirklich der Junge von damals sein? Ich bleibe kurz stehen, ziehe mein Handy aus der Tasche und rufe den Link auf, den sie mir geschickt hat. Wow, hier wurde tatsächlich ein Film gedreht. Wie spannend.

Neugierig sehe ich mich um. Der Hof ist echt ein Hingucker. Alles ist so schön weiß gestrichen, wirkt so adrett und sauber, und die rötlichen und lilafarbenen Blumen harmonieren perfekt dazu. Mit meinem Zimmer habe ich es auch ausgesprochen gut getroffen.

Ich widme mich wieder meinem Handy und rufe die nächste Seite auf, die sich mit der Geschichte des Hofes befasst und auf der auch ein Foto der Familie Sörens zu finden ist. Ich muss zugeben, Piet sieht wirklich nicht schlecht aus. Wenn er tatsächlich der Junge von damals ist, habe ich eventuell eine gute Chance, alles wieder ins Lot zu bringen. Unser Start war zwar nicht so gut, doch ich kann das sicher noch regeln. Vielleicht ist er ja gar nicht so schlimm. Oder er hat seine Gründe. Ach, was weiß ich.

Ich stecke das Handy wieder ein und will gerade weitergehen, da kommt Piet aus dem Hofladen. Als er mich entdeckt, grinst er breit. Irgendwie nervt er mich, warum auch immer. Nein, durchatmen, ich möchte doch nett sein. Also winke ich ihm zu, woraufhin er zu mir herkommt.

»Habe ich das richtig gesehen? Hast du mir gerade zugewinkt?«

»Ja«, gebe ich schlicht und einfach zu. Warum soll ich es auch leugnen?

»Also hast du dich beruhigt?«

»Ich war nie unruhig.«

»Na schön.« Er reicht mir einen Flyer. »Gleich findet unten bei Björkes Strandbar eine kleine Grillparty statt. Falls du und dein Papa Lust habt – es gibt richtig guten Fisch und Musik, und es wird einiges los sein.«

Ich räuspere mich. »Danke, das weiß ich. Ich bin auch gerade schon auf dem Weg dorthin.«

»Perfekt. Dann also viel Spaß.«

Verstohlen mustere ich ihn. Er hat wirklich eine gewisse Ähnlichkeit mit dem Jungen auf dem Foto. Und ich war ja jetzt auch nett zu ihm, oder?

»Ist noch was?«, fragt er, vermutlich, weil ich ihn etwas zu lange anstarre.

»Ähm, also, wegen vorhin. Ich habe das nicht so gemeint. Es war ja nett von dir, mir mit dem Gepäck zu helfen. Und ich komme gern darauf zurück.« Als ich den letzten Satz endlich ausgesprochen habe, sehe ich ihn etwas unsicher an.

»Was meinst du?«

»Na, du sagtest doch, dass ich Bescheid geben soll, wenn ich dich brauche.«

Erst scheint er kurz nachzudenken, doch dann lacht er mit einem Mal. »Ach ja? Und wie soll ich das jetzt verstehen?«

Ja, wie? »Na ja, also …«

Er hebt eine Braue, und seine blauen Augen liegen nun intensiv auf mir. »Anni, flirtest du gerade mit mir?«

Ich trete einen Schritt zurück. »Was? Nein!«

»Da hat nicht zufällig jemand ein schlechtes Gewissen?«

Sofort muss ich an die Sache von damals denken. Er wird mich doch nicht etwa erkannt haben und sich daran erinnern, was er zu mir gesagt hatte? »Warum sollte ich ein schlechtes Gewissen haben?«

»Vielleicht, weil du voreingenommen warst?«

Ach so, das meint er. »Stimmt, das war nicht nett von mir. Und ich will mal nicht so sein. Zudem geht es mich ja auch nichts an, wie du mit deiner Freundin umgehst«, sage ich.

»Okay, Entschuldigung angenommen.« In diesem Augenblick ruft jemand nach ihm, und er deutet über seine Schulter nach hinten in Richtung des Ladens. »Ich muss jetzt leider zurück. Dann sehen wir uns ja vielleicht nachher am Strand.« Er lächelt mir noch einmal zu, ehe er sich umdreht und wieder im Laden verschwindet.

»Super«, murmele ich, als er außer Hörweite ist und ich schließlich weitergehe. Wäre doch gelacht, wenn ich das nicht irgendwie hinbekomme.

Als ich den Strand erreiche, empfängt mich sogleich die frische Meeresluft, die jetzt nicht nur nach Salz riecht, sondern ganz angenehm auch nach Gewürzen, Knoblauch und Fisch. Irgendwie nach Urlaub, und das tut mir gerade richtig gut.

Am Strandabschnitt vor der Bar ist schon einiges los. Dort, wo ich vorhin noch mit Papa gesessen habe, herrscht inzwischen reges Treiben. Ein Büfett ist aufgebaut, es gibt mehrere Grillstationen, und kleine Windlichter funkeln im Sand. Sicher sieht das später, wenn die Sonne untergegangen ist, ganz stimmungsvoll aus.

Ich sehe mich um und entdecke Papa, der ganz in Weiß gekleidet ist und es sich auf einer der Liegen gemütlich gemacht hat.

»Für wen hast du dich denn so schick gemacht?«, will ich wissen, als ich vor ihm stehen bleibe.

»Na, für mich selbst.« Er zwinkert mir zu. »Du bist doch auch sehr schick. Hübsches Kleid.«

»Oh danke.«

»Und jetzt erzähl, wie war die Fahrt mit Piet?«

»Papa, du wirst es nicht glauben. Aber weißt du was?« Ich zögere noch kurz, dann sage ich es einfach. »Er ist dieser Junge.«

Papa setzt sich auf und verzieht ungläubig das Gesicht. »Der Junge, von dem du glaubst, dass du seinetwegen den Ärger mit dem Karma hast? Dass du wegen ihm verflucht bist? So ein Unsinn.« Er scheint es von der humorvollen Seite zu nehmen, doch ich sehe ihn ernst an.

»Ich weiß, das klingt verrückt, aber Bine hat mich darauf gebracht. Schau dir doch mal das Bild an.« Ich setze mich neben ihn auf die Liege und reiche ihm mein Handy. Eine ganze Weile mustert er das Foto, ohne auch nur einen Ton von sich zu geben.

»Hm, das kann wirklich sein«, sagt er schließlich, als ich es kaum mehr aushalte. »Aber das wäre ja ein witziger Zufall.«

»Absolut. Und weißt du was? Ich habe mir überlegt, wie ich das Ganze rückgängig machen könnte. Vielleicht, wenn ich irgendwie Freundschaft mit ihm schließe … Was meinst du? Gut, ich habe mich ihm gegenüber erst nicht so freundlich verhalten, aber als ich ihm gerade auf dem Weg hierher begegnet bin, war ich nett.«

»Das ist der Plan?«, vergewissert sich Papa. »Dass du nett zu ihm bist? Also ich weiß auch nicht, bei dem Start, den ihr hattet …«

»Warum nicht? Immerhin habe ich ihm vermutlich damals das Herz gebrochen.«

Papa grinst. »Anni, du bist echt …«

»Warum denn nicht? Versuchen kann ich es ja mal.«

»Gut, wie du meinst.«

Ich stecke das Handy wieder ein. »Und, wie war es noch bei dir in der Chaospension?«, frage ich, weil ich jetzt lieber über etwas anderes reden möchte.

»Glaub mir, diese Renate weiß schon, wie man sich streitet. Zum Glück nicht mit mir.« Er lacht.

»Mit wem hat sie sich denn gestritten?«

»Mit ihrer Schwester, die wieder aufgetaucht ist. Na ja, die beiden kriegen das schon wieder hin. Als ich gegangen bin, haben sie immerhin bereits zusammen ein Glas Wein getrunken.«

Ich nicke beiläufig. Das ist ja ganz schön für Renate, allerdings sind meine Gedanken gerade bei etwas ganz anderem – oder besser gesagt jemand anderem. Dennoch frage ich: »Apropos, holen wir uns etwas zu trinken, oder wie läuft das hier? Brauchen wir einen Tisch?«

»Ich habe vorhin kurz mit Björke gesprochen, dem Besitzer der Bar. Man kann sich Essen holen, an einen der Tische auf der Terrasse oder an die Bar setzen. Und dort drüben vor dem Gebäude gibt es auch Stehtische.«

Ich sehe mich um. »Es füllt sich ja schon ganz schön. Vielleicht sollten wir uns tatsächlich einen Tisch suchen, ehe alles besetzt ist«, schlage ich vor.

»Da sagst du was.« Grinsend steht Papa auf. »Also komm, ich habe schon ziemlichen Hunger.«

Am Rand der Terrasse, direkt dort, wo der Sandstrand beginnt, ergattern wir noch einen freien Zweiertisch. »Ist doch super, oder?«, sagt Papa. »Wenn der Kellner kommt, dann bestelle mir doch bitte ein Bier, ja? Ich schaue mir mal eben das Büfett an.«

»Klar, das mache ich.«

Kaum ist Papa zu den Grillstationen gegangen, kommt eine junge Frau an den Tisch und sieht mich freundlich an. »Hey, was darf's bitte sein?« Irgendwie sieht sie Piet ähnlich, aber vielleicht bilde ich es mir auch nur ein, und ich sehe schon überall Gespenster.

»Zwei Bier bitte«, antworte ich. »Und wir nehmen etwas vom Grillbüfett. Mein Papa schaut sich dort gerade um. Wie läuft das denn ab mit dem Essen?«

»Ganz einfach, ich notiere hier für euch zweimal Büfett, dann könnt ihr schon zuschlagen.«

»Okay, danke.«

Während sie zum nächsten Tisch geht, lasse ich meinen Blick schweifen und entdecke Papa an einer der Grillstationen, wo er sich mit einer Frau unterhält. Als sie sich nun umdreht, erkenne ich sie: Es ist Inga, meine Gastgeberin vom Syltseehof.

Jaja, so viel dazu, dass er sich nur kurz umsehen wollte. Dieser Schlingel. Und jetzt weiß ich auch, für wen er sich so schick gemacht hat. Ich beobachte die beiden ein wenig. Auch wenn sich etwas merkwürdig anfühlt, ist es auch schön, ihn so fröhlich zu sehen. Seit Mamas Tod vor ein paar Jahren hat er sich nicht wirklich ernsthaft für eine Frau interessiert. Gut, ein paar Dates hatte er hin und wieder, aber mehr auch nicht.

Schon kommt die Kellnerin zurück und stellt die Getränke auf unserem Tisch ab.

»Danke«, sage ich.

Sie folgt meinem Blick. »Ist das dein Papa? Gregor?«

Erstaunt sehe ich sie an. Woher kennt sie seinen Namen? »Ja, also …«

»Wundere dich nicht.« Sie schmunzelt. »Inga ist meine Mutter. Und sie hat mir erzählt, dass die Frau, die seit heute bei uns wohnt – also du –, mit ihrem Papa da war. Also habe ich mal eben kombiniert.«

»Ach so«, antworte ich und lächele jetzt ebenfalls.

»Ich bin übrigens Lina und wohne auch auf dem Syltseehof. Heute helfe ich hier bei Björke aus.«

»Freut mich, ich bin Anni.«

Ich merke, dass sie noch etwas hinzufügen möchte, denn ihr Grinsen wird breiter. Und tatsächlich. Sie räuspert sich kurz, dann fragt sie: »Du bist die, die heute meinen Bruder etwas verrückt gemacht hat, oder?«

Hat sie das wirklich gesagt? »Verrückt gemacht?«

»Ja. Angeblich hast du ihm unterstellt, er würde dein Gepäck klauen.«

»Ach, er … er ist irgendwie ganz schnell damit losgelaufen, und da dachte ich …« Ich versuche, mich zu rechtfertigen, doch sie winkt ab.

»Weißt du, ich fand das lustig. Er ist immer so ruhig, aber da hat er sich echt kurz aufgeregt.«

»Wie gesagt, es war nicht so gemeint.«

»Kein Thema. Also, wenn ich euch noch etwas bringen kann, sagt einfach Bescheid. Ich muss mal weitermachen, aber wir sehen uns sicher später.«

Gerade als sie sich auf den Weg zum nächsten Tisch macht, kommt Papa zurück und stellt einen voll beladenen Teller an seinem Platz ab.

»Na, hast du dich nett unterhalten?«, will er wissen.

»Sehr nett sogar. Das war Piets Schwester Lina.«

»Ich weiß, Inga hat es mir gesagt.« Er deutet auf den Teller. »Sorry, ich hatte inzwischen mitbekommen, dass man sich am Büfett schon bedienen kann, und da habe ich mir gleich was geholt.«

»Ist doch okay. Dann werde ich auch mal losgehen. Dein Bier ist schon da.«

»Perfekt.«

Als ich am Büfett ankomme, nehme ich mir ebenfalls einen Teller und gebe gegrillten Fisch und verschiedene Gemüsesorten sowie ein Stück Ciabattabrot darauf. Am Ende der langen Tafel entdecke ich noch eine große Platte mit gegrilltem Käse und nehme mir auch hiervon ein Stück. Alles sieht sehr appetitlich aus, und bei dem herrlichen Duft, der von den Speisen ausgeht, läuft mir sofort das Wasser im Mund zusammen.

Schließlich gehe ich zurück an unseren Tisch. Papa und ich wünschen uns gegenseitig einen guten Appetit, und ich kann es jetzt kaum mehr erwarten, von den Leckereien zu kosten.

»Der Fisch ist übrigens frisch gefangen, direkt vom Hafen in Hörnum«, erzählt mir Papa, noch bevor er den ersten Bissen nimmt.

»Lecker. Und woher weißt du das?«

»Von Inga, sie hat es mir erzählt.«

»Inga also, soso. Und du hast dich nicht zufällig für sie so schick gemacht, sondern nur für dich selbst?«, feixe ich.

»Also wirklich. Aber ich gebe es gern zu, Inga ist schon … interessant.«

»Aha, interessant.« Ich sehe in ihre Richtung und entdecke dort nun auch Piet. Er steht neben seiner Mutter und unterhält sich mit ihr.

Papa, der meinen Blick bemerkt, grinst mich an. »Da ist er ja wieder.«

»Ja, ich weiß schon.«

»Und was hast du jetzt vor?«

»Keine Ahnung. Mal sehen.«

Papa hebt sein Bier. »Na dann, auf einen schönen Abend. Auf Sylt, die Insel und alles, was auf uns wartet.«

Ich greife ebenfalls nach meinem Bier, und wir stoßen an. Kaum habe ich den ersten Schluck genommen, wird mir warm im Bauch. Ich blicke noch einmal zu Piet.

»Erwischt«, kommt es prompt von Papa.

»Was?«

»Na, du siehst schon wieder zu ihm rüber.«

»Ich habe nur nachgedacht. Meinst du, er erinnert sich an damals? Vorausgesetzt, er ist es wirklich.«

»Das kann ich dir nicht sagen. Frag ihn doch«, schlägt er vor.

Ich soll ihn einfach fragen? Wie stellt Papa sich das vor? So nach dem Motto: *Hallo Piet, was meinst du, kann es sein, dass ich dir mal das Herz gebrochen habe? Ich bin jetzt hier, um mein Karma wieder gnädiger zu stimmen …*

»Nein, das mache ich nicht«, antworte ich entschieden. »Wenn er es dann nicht ist, bin ich total blamiert.«

Ich nehme eine Gabel von meinem Fisch. Wow, ich habe selten so köstlichen Fisch gegessen. So zart und saftig – und der Geschmack erst …

Während ich noch den ersten Bissen genieße, fragt Papa: »Schmeckt echt lecker, oder?«

Ich nicke, schlucke den Fisch hinunter und esse gleich noch eine zweite Gabel voll. Mit einem Mal sticht es heftig in meinem Hals, und ich fange an zu husten.

Oh Gott, was ist das denn bitte?

Panik macht sich in mir breit. Oh nein, ist das eine Gräte? Das muss so sein. Ja, jetzt spüre ich es ganz genau.

»Trink schnell etwas, Anni! Man muss da viel trinken.« Papa drückt mir mein Bier in die Hand. Ich setze an, schlucke und schlucke, aber es wird nicht besser.

So, das war es jetzt. Ich werde ersticken, und das am Strand auf Sylt. In Gedanken gehe ich die Auswahl an Särgen durch, die Papa in der Firma stehen hat. Ich möchte einen aus weißem Holz mit Messingbeschlägen haben, und auf meiner Beerdigung soll das Lied »Time to say goodbye« gespielt werden.

Plötzlich steht Piet neben mir. »Hier, nimm das. Brot hilft«, sagt er ruhig und reicht mir das Stück Ciabatta von meinem Teller. »Los, iss schon!«, ruft er nun etwas lauter, als ich nicht sofort reagiere.

Ich beiße von dem Brot ab, kaue, schlucke – und tatsächlich wird es besser. Also nehme ich noch einen Bissen, dann einen dritten und spüle am Schluss kräftig mit meinem Bier nach, das Piet mir jetzt ebenfalls hinhält.

»Geht's wieder?«, fragt er, während ich versuche, meine Fassung wiederzuerlangen.

Ich nicke und nehme sogleich einen weiteren Schluck Bier. Hui, langsam bin ich schon ein wenig beschwipst. Das kam jetzt zwar unerwartet, trotzdem finde ich es schön, wie fürsorglich Piet sich mir gegenüber verhält.

»Danke für die Hilfe, du hast mich gerettet«, sage ich mit etwas schwerer Zunge und hoffe, dass es niemandem auffällt, besonders nicht ihm.

»Kein Ding.« Er grinst, und auch Papa kann sich ein Lächeln nicht verkneifen.

»Ich würde sagen, Piet hat jetzt einen gut bei dir«, meint er.

Aber Piet hebt die Hand. »Kein Thema, das war doch selbstverständlich.« Er blickt sich um, weil jemand nach ihm ruft. »Sorry, ich muss mal kurz nachsehen, was da los ist. Kommt ihr allein klar?«, fragt er mich, und als ich nicke, geht er zu Björke, dem Besitzer der Bar, hinüber, der ihm etwas am Getränkeausschank zeigt.

»Was sollte denn diese Bemerkung, dass er jetzt einen gut bei mir hat?«, frage ich Papa, kaum dass Piet verschwunden ist.

Doch bevor er etwas dazu sagen kann, gesellt sich Inga zu uns. »Na, alles gut bei euch?«

»Dein Sohn hat gerade meine Tochter gerettet«, antwortet Papa. »Wir stehen für alle Zeiten in eurer Schuld.«

Inga lacht. »Ach was, das war doch selbstverständlich.« Sie blickt auf seinen leeren Teller. »War das Essen okay?«

»Okay? Es war lecker, sehr sogar.«

»Ihr solltet unbedingt auch noch den Nachtisch probieren. Das meiste stammt von Elsa, meiner Jüngsten. Sie ist eine geniale Bäckerin«, erklärt Inga sichtlich stolz.

»Ich möchte im Moment nichts, danke«, sage ich. »Aber nimm du dir ruhig was, Papa.«

»In Ordnung, dann gehe ich mal Nachtisch holen. Bis gleich.«

»Kein Problem, ich bin hier.«

Schließlich machen sich die beiden auf den Weg zum süßen Büfett. Während ich ihnen noch nachsehe, zucke ich auf einmal zusammen, denn Piet steht wieder neben mir.

»So schreckhaft?«, fragt er.

»Na ja, wenn du dich so von der Seite anschleichst.«

»Du bist schon echt lustig.« Seine Mundwinkel zucken.

»Ach ja? Lustig?«

»Irgendwie schon. Erst warst du so feindselig und jetzt …«

»Ich war nicht feindselig«, widerspreche ich ihm entschieden. »Aber ich dachte eben, dass du … na ja, dass du mit mir flirtest. Und was du über deine Freundin von dir gegeben hast, fand ich auch nicht gerade nett. Doch wie gesagt, das ist nicht meine Sache.«

Er grinst. »Stimmt, das ist ja mein verkorkstes Karma. Meine schlechten Karten.«

»So ist es. Aber ich habe da anscheinend einen wunden Punkt bei dir getroffen.«

»Wie kommst du darauf?«, fragt er erstaunt.

»Hat deine Schwester jedenfalls erzählt.«

»War ja klar. Na gut, irgendwie hast du es geschafft, dass ich mich jetzt ärgere.«

Ich zwinkere ihm zu. »Sorry.«

»Ich habe übrigens nachgedacht, warum ich glaube, dass du mir bekannt vorkommst«, erklärt er.

Mein Herz macht einen Hüpfer. Oh nein. »Ach ja? Und zu welchem Schluss bist du gekommen?«

»Nichts. Leider. Ich weiß es nicht.«

Soll ich es ihm jetzt verraten? Oder es lieber sein lassen?

Spontan entscheide ich mich für das Erstere, ich kann nicht einmal sagen, warum. »Pass auf, aber ich weiß es.«

»Wirklich?« Er hebt eine Braue. »Okay, dann schieß mal los.«

»Ich bin das Mädchen, das dir vor fünfzehn Jahren das Herz gebrochen hat. Genauer gesagt, vielleicht bin ich es.«

Er starrt mich eine Sekunde lang an, dann beginnt er zu lachen. »Der war gut.«

»Nein, wirklich. Es war während unseres ersten Urlaubs hier auf der Insel. Wir waren am Strand und haben uns geküsst. Dann wollten wir uns wiedersehen, doch ich bin nicht zu dem Treffen gekommen.«

»Okay«, antwortet er nur.

»Und du sagtest dann zu mir, dass ich das zurückbekommen würde oder so ähnlich.«

Wieder sieht er mich an, eine ganze Weile. »Wirklich? Du glaubst tatsächlich, dass du mir vor ewigen

Zeiten mal das Herz gebrochen hast? Ich will dir nicht zu nahetreten, doch das klingt verrückt. Heißt das etwa, du bist hier, weil du mich gesucht hast?« Er tritt einen Schritt zurück.

»Was? Nein. Das war Zufall. Ehrlich, ich habe dich nicht bewusst gesucht.«

»Okay, Zufall also.« Noch immer wirkt er, als würde er das Ganze lustig finden. Vielleicht hält er mich auch für verrückt. Oder beides.

»Jetzt schau mich nicht so an. Ich sage dir doch nur, was ich vermute. Es gibt auch ein Foto von uns.«

Er räuspert sich. »Okay ...«

»Warte, ich zeige es dir.« Ich ziehe mein Handy aus der Tasche und rufe das Bild auf. »Hier, du und ich. Es ist ewig her. Das bist doch du, oder?«

Er mustert das Foto ein paar Augenblicke lang. »Ja, das bin ich. Aber ich erinnere mich nicht mehr an diesen Vorfall, und du kannst auch ganz beruhigt sein. Du hast mir damals sicher nicht das Herz gebrochen, also mach dir mal keinen Kopf.«

»Ja, also ... vielleicht nicht offensichtlich. Jedenfalls habe ich seit Anfang dieses Jahres immer Pech, verstehst du? Und du könntest der Grund dafür sein. Es ist doch das Jahr des Karmas.«

Kaum haben die Worte meinen Mund verlassen, bereue ich sie bereits. Was habe ich da nur von mir gegeben? Wie peinlich, zumal er jetzt auch noch zu lachen beginnt.

»Ach, vergiss es einfach«, sage ich schnell. »Ich dachte nur, ich muss es wiedergutmachen. Jetzt weißt du es. Also, ich entschuldige mich dafür.«

»Alles gut, mach dir keine Gedanken.« In diesem Moment winkt seine Schwester Lina ihm zu, und es scheint, als wäre er ziemlich erleichtert, nun einen Grund zu haben, dieser Situation zu entkommen. Er zuckt nur mit den Schultern und ist dann auch schon verschwunden. Kein Wunder, ich bin ja auch die Peinlichkeit in Person.

Zum Glück kommt Papa ausgerechnet jetzt zurück. »Das ist der Wahnsinn, Anni, probier das mal.« Er deutet auf den Teller in seiner Hand. Darauf befinden sich mehrere kleine Törtchen, die aus einem blättrigen Teig, Sahne und einer Fruchtmasse zu bestehen scheinen.

»Was ist das?«

»Friesentörtchen. Also, ich finde die oberlecker.«

Er hält mir den Teller hin, ich nehme mir eines der Törtchen und beiße hinein. Ja, er hat recht, es schmeckt wirklich genial: luftig-leicht und durch die Fruchtmasse nicht zu süß, sondern sogar ein wenig herb.

»Wirklich gut«, sage ich, nachdem ich mir auch den Rest des Törtchens in den Mund gesteckt habe. »Aber noch ein Bier wäre mir lieber. Ich habe mich gerade zu Tode blamiert.«

»Was war denn?«

Ich berichte Papa von dem Gespräch mit Piet, und ihm fällt nichts Besseres ein, als mich auszulachen.

Ich bedenke ihn mit einem säuerlichen Blick. »Hörst du bitte mal damit auf. Das ist nicht lustig!«, ermahne ich ihn.

»Ein bisschen schon, das musst du zugeben.«

»Piet denkt doch jetzt bestimmt, ich hab sie nicht mehr alle.«

»Ach, ich glaube, er sieht das ganz locker. Und du kannst ja immer noch behaupten, du hättest wegen der Gräte zu viel Bier intus gehabt.«

»Ich werde ihm auf alle Fälle aus dem Weg gehen«, nehme ich mir fest vor.

Inzwischen ist es schon ziemlich dunkel geworden. Die Musik wird lauter, die Stimmung ausgelassener. Irgendwie vertrage ich das gerade nicht so gut. In meinem Kopf hämmert es, und der Beat der Musik tut sein Übriges.

Ich stehe auf. »Also dann, ich mache mich mal auf den Heimweg, ich bin echt müde.«

Papa mustert mich ein wenig ungläubig. »Wirklich?«

»Ja. Das heißt jedoch nicht, dass du auch schon gehen musst. Du kannst doch noch hierbleiben und dich ein wenig amüsieren.« Ich schmunzele und deute mit dem Kopf zu Inga hinüber, die sich gerade mit Piet unterhält.

»Na schön, aber mach keine Dummheiten.«

»Was soll ich denn tun, hm?«, frage ich etwas provokant. »Mich in einen Sarg legen?«

»Wer weiß? Vielleicht steht ja zufällig hier irgendwo einer herum.«

»Hahaha.«

»Wie auch immer. Schreib mir auf alle Fälle, wenn du auf dem Hof angekommen bist, ja?«

In diesem Augenblick kommen Piet und Inga an unseren Tisch. Inga lächelt Papa zu. »Kann ich dich kurz entführen? Du sagtest doch, du würdest dir gern die Bar von innen ansehen. Ich muss sowieso kurz rein und etwas mit Björke besprechen.«

»Gern. Anni, du schreibst mir dann, ja?«, sagt er nur noch, dann lässt er mich allen Ernstes mit Piet allein.

Während ich Papa und Inga noch nachstarre, grinst Piet mich von der Seite an. »Was ist?«, frage ich und merke, dass ich ein wenig biestig klinge.

»Nichts. Alles gut, du kleine Herzensbrecherin.«

»Wenn du hier bist, um dich über mich lustig zu machen …«

»Nein, also … ein wenig vielleicht.«

»Dann hast du dich zu früh gefreut«, entgegne ich, darum bemüht, möglichst selbstsicher zu wirken. »Ich wollte nämlich gerade gehen.«

»Zurück ins Apartment?«

»Genau. Das Bier hat mich müde gemacht, dazu noch die lange Anreise, und ich bin anscheinend nicht mehr bei klarem Verstand.«

Er lacht. »Was du vorhin gesagt hast, muss dir echt nicht peinlich sein. Soll ich dich auf den Hof begleiten?«

»Das brauchst du nicht.«

»Ich muss ohnehin etwas von zu Hause holen. Also?«

»Na gut.«

Schließlich ergebe ich mich, und wir gehen zusammen los. Erst schweigen wir eine Weile, doch als wir uns mehr und mehr von der Bar entfernen und die Musik leiser wird, greift Piet das Gespräch wieder auf. »Okay, ich bin neugierig«, sagt er freiheraus.

»Weswegen?«

»Weil du meintest, dass du vom Pech verfolgt bist.«

Ich winke ab. »Ach was, reden wir nicht mehr drüber.«

»Doch, ich würde dich nämlich gern etwas fragen.«

»Fragen? Na gut, ich weiß schon, du findest mich verrückt.«

»Das habe ich doch gar nicht gesagt. Ich bin neugierig, warum du glaubst, dass du mein Herz gebrochen hast. Und was soll das damit zu tun haben, dass du andauernd Pech hast? Irgendwie verstehe ich den Zusammenhang nicht. Auch nicht die Sache mit dem Karma.«

Ich bleibe stehen und streiche meine Haare zur Seite, die der Wind mir ins Gesicht geweht hat. »Okay, also … Ich glaube, dass ich vielleicht vom Pech verfolgt bin, weil ich dir das damals angetan habe. Und ich habe gelesen, dass es das Jahr des Karmas ist und man die Dinge in Ordnung bringen muss, weil sie einen in diesem Jahr einholen. Na ja, und so kam mir der Gedanke.«

»Sehr lustig. Und daran glaubst du?«

Ich merke, dass er schon wieder dabei ist, sich über mich zu amüsieren, und verschränke die Arme vor der Brust. »Willst du es jetzt hören oder nicht?«

»Klar, rede ruhig weiter.«

»Es ist eben so, dass schon seit längerer Zeit, aber besonders seit Beginn dieses Jahres alles Mögliche bei mir schiefgeht. Mein Freund hat mich verlassen, einfach gegen eine andere ausgetauscht. Und so einiges mehr. Vor ein paar Tagen hatte ich mal wieder ein mieses Date, und meine beste Freundin musste mich retten. Da habe ich mich gefragt, warum ich kein Glück finde. Warum es beinahe wie ein Fluch ist. Und …« Ich überlege kurz, ob ich noch näher auf die Sache mit der Werbung auf Instagram und dem Jahr des Karmas eingehen soll, lasse es dann aber sein. »Jedenfalls war da mit einem Mal dieser Gedanke in meinem Kopf. Weil ich dich damals doch irgendwie abserviert hatte und du zu mir gesagt hattest, ich würde das zurückbekommen.«

»Okay, falls es das wirklich ist, dann vergebe ich dir ganz offiziell. Der Fluch ist damit gelöst, du kannst wieder drauflos daten und dein Glück finden, vielleicht sogar hier auf Sylt.« Er zwinkert mir zu.

»Sehr witzig!«

»Was? Das ist es doch anscheinend, was du brauchst. Wie gesagt, vergeben und vergessen.«

»So einfach geht das nicht.«

»Sondern?«

»Keine Ahnung. Wahrscheinlich muss ich es irgendwie wiedergutmachen.«

»Aha. Du willst es also wiedergutmachen? Mein gebrochenes Herz heilen?«

Während ich die Augen verdrehe, tritt er plötzlich näher an mich heran. Erst denke ich, dass er an mir vorbeigehen will, aber er bleibt vor mir stehen. Ganz nah, viel zu nah. Und mit einem Mal sind auch unsere Lippen nur noch einen Hauch voneinander entfernt.

»Was wird das denn jetzt?«, flüstere ich.

»Nichts. Ich sehe dich nur an und mache mir Gedanken über diese Sache.«

»Was für Gedanken denn?«

»Na ja, überleg doch mal, wie das im Märchen vor sich geht. Wie löst man da einen Fluch, hm?«

Entrüstet trete ich einen Schritt zurück. »Das ist nicht dein Ernst. Schlag dir das gleich mal aus dem Kopf, du Aufreißer! Vergiss nicht, dass du eine Freundin hast.«

»Die habe ich schon ausgetauscht. Du hast doch gehört, wie ich das im Bus gesagt habe.«

»Bitte? Spinnst du?«

»Das war Spaß.«

Ich hebe eine Braue. »Spaß? Soso.«

»Ich habe keine Freundin. Was du gehört hast, war auf den Lieferwagen bezogen, weil der mal wieder einen Platten hatte, wie so oft in letzter Zeit.«

»Ach ja? Und dein Lieferwagen ist eine Sie?«

»Ja, klar, das ist unsere gute alte Lissy.«

Am liebsten würde ich nun laut losprusten. »Das hast du dir jetzt ausgedacht«, rufe ich.

»Noch nie gehört, dass man Autos Namen gibt?«

»Hm, doch.« Okay, das kann Sinn machen. Aber wer war dann die Frau, die er am Busbahnhof umarmt hat?

»Also, was hältst du von der Idee?«, will er wissen, bevor ich ihn nach ihr fragen kann.

»Von welcher Idee?«

»Den Fluch zu lösen.«

»Mit einem Kuss, oder wie?«, vergewissere ich mich. »Hallo, wir sind hier nicht im Märchen.«

Ich sehe ihn an. Der Wind streicht ihm leicht durchs Haar. Gut sieht er ja schon aus mit dem Dreitagebart, den etwas buschigen Augenbrauen … Und klar, wir sind nicht im Märchen, aber …

»Das war nur eine Idee, mehr nicht«, fügt er nun hinzu. »Damit du dein Glück findest.«

»Hm, wie aufopfernd von dir«, murmele ich. Bin ich denn echt bescheuert?

Doch irgendwie hat diese Situation auch etwas an sich. Etwas Kribbelndes. Und was habe ich schon zu verlieren? Das Ganze hier ist ohnehin schon verrückt genug. Und ja, im Märchen werden Flüche in der Tat auf diesem Weg gelöst.

Ich räuspere mich. »Okay, aber nur, damit ich mich nicht irgendwann frage, ob es dann besser gelaufen wäre.«

Piet nickt, sein Blick wirkt ernst. »Klar, nur deswegen. Und ich mache das auch nur, weil ich hilfsbereit bin, mehr nicht. Ist dir das klar?«

»Entschuldige mal, was sollte denn daran nicht klar sein?«

»Das sehe ich auch so.«

»Na gut, in Ordnung. Küssen wir uns eben«, sage ich so gleichgültig wie möglich. Er soll nicht merken, dass ich wegen des bevorstehenden Kusses nervös bin.

Doch auf einmal weicht er einen Schritt zurück.

»Was ist? Willst du doch nicht?«

»Schon, aber du solltest dabei nicht so grimmig dreinschauen«, meint er.

»Ich schaue nicht grimmig drein.«

Das Rauschen des Meeres dringt in meine Ohren, und nun tritt er doch wieder näher an mich heran. »Also dann ...«

»Moment noch«, sage ich und lege meine Hände auf seine Brust, um ihn noch auf Abstand zu halten. »Nur damit eines klar ist: Jemanden wie dich würde ich normalerweise nie küssen.«

»Du hast mich ja bereits geküsst. Damals. Vergiss das nicht.«

»Ähm ... egal.« Ich atme tief durch und lasse meine Hände sinken. »Für sein Glück muss man schon mal etwas tun.«

Kaum habe ich die Worte ausgesprochen, legen sich unsere Lippen aufeinander. Wow, warum klopft mein Herz so heftig? Ist das wirklich gut, oder bilde ich es mir nur ein?

Ein letztes Mal berühren sich unsere Lippen, dann löse ich mich von ihm und sehe ihn an. »Das war komisch, oder?«, frage ich.

»Was? Komisch?«

»Ja, schon. Sehr komisch.« Dennoch spüre ich noch immer dieses Prickeln auf meinen Lippen, und ich frage mich, weshalb mein Herz so heftig geklopft hat.

»Das ist wirklich ein schönes Kompliment«, meint er und grinst. »Aber okay, wenn es geholfen hat ...«

»Hoffentlich. Wir werden es ja noch sehen.«

»Gut, dann war's das jetzt wohl.« Er breitet die Arme aus und tut so, als würde er sich verbeugen. »Fluch gelöst, tadaaaa.«

Ich nicke und will schon weitergehen, halte jedoch noch einmal inne. »Wobei …«

»Was?«

»Ich muss das noch mal ausprobieren. Sicher ist sicher.«

Und dann küssen wir uns erneut.

Wir alle sind irgendwie Meerjungfrauen: Manchmal schwimmen wir elegant durchs Leben, und manchmal kämpfen wir gegen die Strömung.

Auf einmal ist es anders

Was um alles in der Welt ist da gestern Abend passiert? Habe ich Piet wirklich auf dem Heimweg geküsst? Mein Herz beginnt zu rasen, und ich schlucke. Ja, ich habe es tatsächlich getan – und das nicht nur einmal. Aber das Ganze hatte schließlich einen Zweck.

Ich richte mich ein wenig im Bett auf und greife nach meinem Handy, das neben mir auf dem Nachttisch liegt. Auf dem Display sehe ich, dass es bereits neun Uhr ist und dass Papa angerufen hat. Eilig wähle ich seine Nummer und rufe zurück. Es tutet einmal, dann geht er schon ran.

»Hallo, Liebes. Na, alles gut? Hast du ausgeschlafen?«

»Ja, ich war etwas durch den Wind und sehr müde. Nachdem ich dir geschrieben hatte, bin ich gleich ins Bett gefallen und habe bis jetzt durchgeschlafen. Hast du meine Nachricht bekommen?«

»Ja, das habe ich. Ist sonst alles in Ordnung? Piet hat dich ja heimgebracht.«

»Alles gut, klar. Wir haben uns ausgesprochen und …«

»Ausgesprochen, aha.«

Weiß er etwas? Nein, bestimmt nicht.

»Ja, ich denke, die Sache ist jetzt geklärt.«

»Der Fluch ist also gelöst?« Er lacht.

»Vermutlich. Wir werden es sehen.«

»Siehst du, du hast dir umsonst Gedanken gemacht, dass es peinlich sein könnte.«

Wenn er wüsste. Und das ist auch der Grund, warum ich beschließe, ihm erst mal nichts von den Küssen zu erzählen.

»Was hast du heute vor?«, frage ich ihn und wechsele damit bewusst das Thema.

»Ich gehe runter zum Strand. Komm doch einfach nach, wenn du fertig bist und gefrühstückt hast, ja? Drück dich!«

Nachdem er aufgelegt hat, sitze ich da und muss schon wieder an die Küsse mit Piet denken. Mist, Mist, Mist. Ich brauche nun erst mal Kaffee, muss aber auch unbedingt duschen. Na gut, eines nach dem anderen.

Ich hüpfe rasch unter die Dusche, creme mich ein und ziehe mich dann an, um das Apartment zu verlassen. Ich verspüre wirklich eine heftige Sehnsucht nach Kaffee. Gerade als ich mich frage, wo ich jetzt schnell einen herbekomme, fällt mir der Hofladen ein. Klar, dort gibt es sicherlich Kaffee.

Kurz bevor ich den Laden erreiche, klingelt mein Handy. Es ist Bine.

»Moin«, begrüße ich sie.

»Moin. Na, wie ist die Lage? Lebst du noch?«

»Zum Glück. Gestern Abend wäre ich beinahe an einer Gräte erstickt«, erzähle ich.

»Bitte was? Aber es ist alles gut ausgegangen?«

»Sonst würden wir vermutlich nicht miteinander telefonieren«, entgegne ich trocken, woraufhin sie lacht.

»Stimmt, da hast du auch wieder recht. Und dann? Was war noch? Du warst ja ziemlich verzückt gestern.«

»Wie meinst du das?« Ich weiß gerade echt nicht, worauf sie anspielt.

»Na, du hast mir doch heute Nacht geschrieben, dass du diesen Piet geküsst hast.«

»Habe ich das?«

»Ja, das hast du. Und dass du den Fluch damit gelöst hast.«

»Oh Gott, wie peinlich«, sage ich und seufze. Denn jetzt fällt es mir wieder ein. Ich bin echt so ein Esel.

»Los, raus damit, wie ist es dazu gekommen?«

Ich berichte Bine, was alles passiert ist. Dass Piet mich gerettet hat, wenn man es genau nimmt, und auch, dass wir über die Angelegenheit von damals geredet haben.

Als ich fertig bin, meint sie: »Dann steht dem Syltseeglück jetzt nichts mehr im Wege, oder?«

»Hahaha. Keine Ahnung, aber hoffen wir es mal. Syltseeglück – wie kommst du überhaupt darauf?«

»Das liegt doch nahe: du, die Insel, der gelöste Fluch und ganz viel Glück am Meer.« Sie kichert.

»Wie war eigentlich der Kuss – mal so ganz unter uns?«

Ja, wie war der Kuss? Unerwartet aufregend.

»Na ja, ein bisschen merkwürdig«, antworte ich. Sofort habe ich wieder das Bild von Piet und mir vor Augen und spüre erneut das Kribbeln.

»Ha, erwischt. Du lügst so was von.«

»Was? Ich … Okay, es war ziemlich aufregend«, gebe ich dann doch zu. Gut, dass Bine nicht sehen kann, dass ich gerade knallrot im Gesicht werde.

»Na, dann weiß ich nicht, warum du so merkwürdig drauf bist. Es ist doch alles wunderbar. Da ist ein süßer Kerl, er küsst gut. Wo ist das Problem? Und wenn alles so ist, wie du vermutet hast, liegt jetzt auch kein Fluch mehr auf dir.«

Ich muss lachen. »Wenn uns jemand zuhört, denkt er, wir sind nicht ganz bei Trost.«

»Ja, vielleicht. Aber mal im Ernst, es ist doch schon irgendwie verrückt, dass du ihn hier wiedergetroffen hast. Und dass ihr euch auch noch küsst, oder?«

»Verrückt ist das auf alle Fälle.«

»Und deswegen solltest du das Ganze noch genauer unter die Lupe nehmen«, schlägt sie vor.

»Inwiefern?«

»Indem du herausfindest, ob es geklappt hat mit der Beseitigung des Fluchs. Fühlst du dich jetzt anders? Glücklicher?«

»Hahaha, du bist so witzig.«

»Nein, ernsthaft.«

»Das kann ich noch nicht sagen, aber …«

Hat Bine vielleicht recht? Sollte ich das Ganze genauer unter die Lupe nehmen? Vielleicht ist es ja wirklich so, dass ich jetzt, nachdem ich von dem Fluch befreit bin, alles anpacken kann.

»Also schön«, sage ich, »ich werde es ausprobieren. Doch vorher brauche ich erst mal Kaffee. Wir hören uns wieder, okay?« Während ich auflege, wandert mein Blick hinüber zum Hofladen. An den Tischen vor dem Gebäude sitzen bereits einige Gäste, die heiße Getränke und Gebäck vor sich stehen haben.

Als ich gleich darauf den Laden betrete, hüllt mich sofort ein verführerischer Duft ein. Nach Kaffee und frischem Gebäck, aber auch nach Früchten und Schokolade.

»Moin«, begrüßt mich Elsa, die hinter der Theke steht. Ihre Ähnlichkeit zu Lina und Piet ist nicht zu leugnen.

»Moin, ich hätte gern einen Latte Macchiato und …« Ich sehe mich um. Das Gebäck in der Auslage lacht mich wirklich an. Ich wollte ja gestern auf der Party schon mehr davon probieren als dieses kleine Friesentörtchen, das Papa mir gegeben hat, aber durch die Sache mit der Gräte war ich dann doch nicht mehr in Stimmung. Heute habe ich hingegen einen Riesenappetit darauf, zudem brauche ich etwas im Magen.

»Ich nehme ein Friesentörtchen«, sage ich schließlich, weil ich es gestern ja doch nicht richtig genießen konnte. »Und dann noch etwas anderes Kleines, da solltest du mir bitte etwas empfehlen.«

»Gern. Ich denke, diese Cupcakes mit Orange und Sanddorn werden dir sicher ebenfalls schmecken. Sanddorn ist auch typisch für die Gegend hier.«

Ich recke den Daumen nach oben. »Prima, dann also bitte auch noch einen hiervon.«

»Möchtest du das Gebäck hier essen oder mitnehmen?«

»Ich nehme es mit, danke.«

Elsa stellt einen To-go-Becher unter die Kaffeemaschine, die sogleich zu rattern beginnt.

»Dann war das süße Gebäck gestern Abend also von dir?«, frage ich nach ein paar Augenblicken, auch um damit die Wartezeit zu überbrücken.

»Ja, so ist es«, antwortet sie stolz. »Wir haben den Laden jetzt seit einem guten Jahr so richtig am Laufen. Und ich probiere immer gern etwas Neues aus. Backen ist meine absolute Leidenschaft.«

»Das freut mich.« Ich lasse meinen Blick durch das Geschäft schweifen. Es sieht wirklich sehr gemütlich aus, und ich fühle mich überaus wohl.

An der Wand hängen einige Fotos und ein eingerahmter Zeitungsartikel, der mit *»Syltseeliebe: Auf diesem Hof wird die Liebe wahr«* überschrieben ist. Ich betrachte das Foto, das unmittelbar daneben hängt. Darauf ist Lina zu sehen, die uns gestern auf der Party bedient hat, zusammen mit einem sehr attraktiven jungen Mann. Außerdem Elsa, ihre Mutter Inga und natürlich Piet. Stimmt, auf dem Hof wurde ja ein Film gedreht.

»Hier wird also die Liebe wahr?«, frage ich. »Oder ist das nur im Film so?«

Elsa lacht. »Dieser Dreh war echt aufregend. Meine Schwester Lina spielt in dem Film mit, zusammen mit ihrem Freund Hendrik Feddersen, falls dir der Name etwas sagt. Glaub mir, das war so eine Sache. Lina war zuerst überhaupt nicht begeistert davon, doch dann kam alles anders als gedacht.«

»Nein, ich kenne den Film leider nicht, und ich habe auch gar nichts davon mitbekommen. Jedenfalls klingt das Ganze sehr spannend.«

»Das war es auch. Den Film musst du dir mal ansehen. Unser Hof kommt darin vor, und eine schöne Liebesgeschichte ist es auch. Der Film kam echt gut beim Publikum an.«

»Das kann ich mir vorstellen.« Ich mustere das Foto erneut. »Deine Schwester war gestern auch auf der Strandparty.«

»Ja, und außerdem meine Mama und mein Bruder Piet. Und ich weiß auch, wer du bist. Die Tochter von Gregor.«

»Stimmt. Diejenige, die deinen Bruder verrückt gemacht hat. So hat sich zumindest Lina ausgedrückt.«

»Was? Verrückt?« Grinsend reicht sie mir das fertige Getränk sowie eine kleine Pappbox mit dem Gebäck. »Aber ihr habt euch dann gestern Abend schon ganz gut verstanden, oder?«

»Ähm, na ja …« Ich greife nach dem Kaffeebecher, der noch unglaublich heiß ist, sodass er mir fast aus der Hand rutscht. Doch es geht gerade noch mal gut.

»Wow, Glück gehabt«, bemerkt Elsa, und ich bin froh, dass ich mir mein hübsches weißes Top nicht versaut habe.

»Oh Gott, ja. Dabei ist das echt untypisch für mich. Ich bin normalerweise der größte Tollpatsch auf diesem Planeten. Gestern Abend wäre ich zum Beispiel fast an einer Gräte erstickt.« Nachdenklich betrachte ich den Becher. Ich muss mich wirklich wundern, denn seit Beginn dieses Jahres nehme ich doch eigentlich jedes Missgeschick mit.

»Ja, manchmal hat man es, manchmal nicht. Piet hatte heute Morgen nicht so viel Glück«, erklärt mir Elsa nun.

Ich sehe sie fragend an. »Was ist passiert?«

»Ach, zuerst wurde er von einer Tür getroffen, und dann hat er sich Kaffee über die Hose geschüttet.«

»Oh. Auch ein Tollpatsch?«

Elsa wiegt den Kopf hin und her. »Eigentlich nicht, nein. Aber wie gesagt, manchmal hat man es, manchmal nicht. Übrigens, falls du ihn suchst, er ist am Strand. Er hat gerade eine Schicht bei der Rettungsaufsicht.«

»Nein, ich suche ihn nicht. Warum sollte ich?«

Was ist das für eine Frage?

»Nur so, falls du irgendwas von ihm wissen willst. Piet kennt sich gut auf der Insel aus.«

»Ach so. Mal sehen. Danke jedenfalls für den Tipp.«

»Gern.« Sie zwinkert mir zu. »Und, wie war die erste Nacht auf dem Hof?«

»Gut, ich habe tief und fest geschlafen.« Ich nehme einen Schluck aus meinem Becher und merke gleich, dass der Kaffee mir guttut. »So, dann mache ich mich mal auf den Weg«, sage ich und will die Tür öffnen. Doch jemand ist schneller als ich und drückt sie von außen auf. Um ein Haar hätte sie mich getroffen.

Lina kommt herein und sieht mich schuldbewusst an. »Oh, sorry, das war knapp …«

»Du musst echt aufpassen, Lina«, ermahnt Elsa sie prompt. »Piet hast du heute Morgen auch schon voll erwischt.«

»Stimmt, oh Mann. Apropos, er hat mich gerade angerufen, er braucht das Erste-Hilfe-Set aus dem Laden.«

Elsa schlägt sich die Hand vor den Mund. »Um Himmels willen, ist noch etwas passiert?«

»Nein, nein, nur die kleine Wunde an der Hand und die Beule an der Stirn. Jedenfalls hat er sein Erste-Hilfe-Set vergessen und mich gebeten, ihm unseres zu bringen.«

»Warum denn das? Er hat es doch noch nie vergessen.«

»Keine Ahnung, heute ist wohl nicht sein Tag.« Lina zuckt mit den Schultern. »Bist du auf dem Weg zum Strand?«, fragt sie mich.

»Ja, ich wollte gerade los.«

»Könntest du mir dann vielleicht einen Gefallen tun und Piet das Set vorbeibringen?«

Ich nicke spontan. Warum soll ich auch Nein sagen? »Klar, wohin muss ich?«

»Du kannst ihn eigentlich nicht verfehlen«, antwortet Lina. Sie nimmt einen Flyer des Syltseehofs aus dem Prospektständer und erklärt mir anhand der dort aufgedruckten Lageskizze den Weg.

Jetzt habe ich schon mal eine grobe Vorstellung, wo ich hinmuss. Es dürfte wohl nicht so schwer zu finden sein.

Auf dem Weg zum Strand trinke ich meinen Latte Macchiato und genieße Elsas Gebäck, das unglaublich lecker schmeckt. Elsa ist wirklich ein Backgenie, das muss ich schon zugeben. Schade, dass ich nicht auch zu Hause in den Genuss ihrer Kreationen komme.

Es ist kurz nach zehn, als ich den Strand erreiche. Ich setze mir meinen Sonnenhut auf und sehe mich suchend um. Die Sonnenstrahlen glitzern auf der Meeresoberfläche, und schon einige Menschen haben es sich im Sand und in den Strandkörben gemütlich gemacht. Ich gehe ein Stück den Strand entlang und komme an der Bar vorbei, wo gestern Abend die Party stattgefunden hat.

Auf einmal fällt mir das weiß lackierte Rettungshäuschen auf, das auf Stelzen gebaut ist und bestimmt einen guten Überblick über das Geschehen am Strand bietet. Piet muss mich schon entdeckt haben, denn als ich auf das Häuschen zugehe, kommt er die hölzerne Treppe herunter und sieht mir verwundert entgegen.

»Moin. Was machst du denn hier?«

Ich mustere die Beule an seiner Stirn, dann reiche ich ihm das Erste-Hilfe-Set. »Ich soll dir das hier von Lina bringen.«

Er lächelt. »Super, danke.«

Als er das Set entgegennimmt, sehe ich die Wunde an seinem Finger. »Heute ist wohl nicht dein Tag, oder?«

»Nicht wirklich«, antwortet er. Ich folge ihm in das Häuschen, wo er sich an einen kleinen Tisch setzt. Er tupft seine Hand erst mit einer sterilen Kompresse aus dem Set ab und sprüht sie dann mit Wundspray ein.

Ich kann mir ein Schmunzeln nicht verkneifen. »Schon doof, wenn man als Rettungsaufsicht nicht in der Lage ist, sich selbst zu retten.«

»Ach wirklich?«

»Schon irgendwie. Soll ich dir helfen?« Als er nickt, greife ich nach einem Pflaster und klebe es ihm auf die Wunde. »So, das wird schon wieder«, sage ich und zwinkere ihm zu.

»Du bist echt lustig. Und so gut gelaunt.«

»Allerdings. Denn im Gegensatz zu dir bin ich heute mal ohne Schaden davongekommen.«

Er mustert mich stirnrunzelnd. »Ach ja?«

»Ja, ich habe vorhin fast meinen Kaffee verschüttet, doch es ist gerade noch gut gegangen. Und deine Schwester hat mir beinahe die Ladentür an den Kopf geknallt. Es ist echt untypisch für mich, dass nichts passiert ist. Aber was soll ich sagen? Läuft wohl.«

Sein Blick wird noch ernster. »Moment mal. Das heißt also, du hast auf einmal Glück und ich …«

Mit einem Mal weiß ich, worauf er hinauswill. »Pech? Ach, Unsinn. Das war sicher nur Zufall.«

Doch er schüttelt den Kopf. »Jedenfalls noch mal danke.« Er begleitet mich nach draußen. »Und, was hast du jetzt vor?«, will er wissen, während wir die Holztreppe nach unten gehen.

»Ach, ein bisschen am Strand liegen, vielleicht die Insel erkunden. Ich muss noch meinen Papa anrufen, er wollte auch an den Strand kommen und …«

Piet unterbricht mich, indem er seine Hand hebt. »Wir müssen uns jetzt küssen.«

Wie bitte? »Was? Warum sollten wir?«

»Weil … na ja, vermutlich ist dein Fluch auf mich übergegangen. Und das geht so nicht.«

Ich sehe ihn an und muss lachen. »So wird es wohl sein. Ist das dein Ernst? Vergiss es, ich küsse dich nicht noch einmal. Eher färbt sich das Meer rosarot.«

»Hahaha. Aber wäre das so unvorstellbar?«

»Ein rosarotes Meer? Ja!« Ich weiche einen Schritt zurück, weil er nun doch direkt vor mir steht. »Also noch mal, ich werde dich sicher nicht küssen. Außerdem ist das wirklich Unsinn. Heute ist eben nicht dein Tag.«

»Okay, wenn du das glaubst, dann wird es doch kein Problem sein, mich zu küssen.« Er grinst. »Also?«

»Auf keinen Fall. Das war eine einmalige Sache.«

Ausgerechnet in diesem Moment entdecke ich aus dem Augenwinkel, wie eine Möwe über uns ihre Kreise zieht. Und mit einem Mal … Plopp.

Piets Mundwinkel zucken, als er auf seine Schulter zeigt, wo die Hinterlassenschaft der Möwe gelandet ist. »Siehst du es jetzt endlich ein? Das kann kein Zufall gewesen sein. Also, gib mir mein Glück zurück.«

»Nein, das *war* Zufall«, widerspreche ich.

»Okay, dann können wir uns auch küssen.« Er kommt noch ein Stückchen näher auf mich zu, und ich verdrehe die Augen.

»Du bist echt albern, weißt du das?«

Piet seufzt theatralisch. »Na gut, wenn du mich nicht küssen willst, dann hilf mir wenigstens, den Möwendreck wegzumachen. Hier, halt mal meinen Arm, ich kann mich sonst nicht bewegen.« Er streckt mir seinen Arm hin, den ich widerwillig ergreife.

»Jetzt übertreib mal nicht, so schlimm ist das nicht«, murmele ich, während ich meinen Arm ausstrecke, um seinen zu halten.

Er nutzt den Moment, zieht mich plötzlich näher zu sich heran und schaut mir direkt in die Augen. »Danke, das ist wirklich nett von dir.« Schneller, als ich reagieren kann, drückt er mir einen Kuss auf die Lippen.

»Spinnst du?« Entrüstet tippe ich mir mit dem Zeigefinger an die Schläfe und trete einen Schritt zurück. »Also wirklich.«

Piet grinst breit. »So, wenn es kein Zufall war, dann ist ja jetzt alles gut.«

»Du bist unmöglich!«, schnaube ich, während ich versuche, den Schock über den plötzlichen Kuss zu verarbeiten.

»Tja, dann bleibt nur noch abzuwarten, ob sich das Meer rosarot färbt.«

»Piet, kommst du mal bitte?« Die Stimme eines Mannes dringt an mein Ohr, und ich drehe mich abrupt zu ihm um. »Unten am Wasser ist eine Frau in eine Glasscherbe reingetreten.« Er grinst mir zu. »Tut mir leid, ich brauche den Kerl mal eben.«

»Schön für Sie, ich brauche ihn ganz sicher nicht«, entgegne ich kühl und stapfe davon.

Piet ist so ein Idiot. Ist das wirklich sein Ernst?

Nach einer Weile bleibe ich stehen und sehe mich nach Papa um. Doch er scheint nicht hier am Strand zu sein, zumindest kann ich ihn nirgendwo entdecken. Also greife ich zu meinem Handy und rufe ihn an.

»Anni, Töchterlein, bist du es?«, fragt er, nachdem er das Gespräch angenommen hat.

Ich frage mich, wie viele Annis er noch in seinem Telefon gespeichert hat. »Ja, natürlich bin ich es. Wo bist du denn? Ich kann dich am Strand nicht finden.«

»Ach Liebes, entschuldige bitte. Es ist etwas dazwischengekommen. Ich bin noch in der Pension. Du hast ja mitbekommen, dass hier ein bisschen was zu tun ist.«

Ich hebe eine Augenbraue, obwohl ich weiß, dass er es nicht sehen kann. »Ja, das habe ich. Deswegen bin ich ja auch auf dem Hof untergebracht und du in der Pension.«

»Richtig.« Im Hintergrund höre ich ein Geräusch, eine Art Hämmern. »Nun, mir hat Renate echt leidgetan. Vorhin, als ich losgehen wollte, hatte sie beinahe einen Nervenzusammenbruch, und du weißt doch, dass ich gern herumwerkle.«

Oh nein, ich ahne schon, was jetzt kommt.

»Ja, das weiß ich. Aber worauf willst du hinaus?«, frage ich ihn trotzdem noch.

»Na ja, ich habe ihr versprochen, dass ich ihr eben helfe, ein paar Löcher zu stopfen, und mir auch mal das Dach ansehe.«

Okay, wenn ich nicht wüsste, dass er wirklich Löcher meint, würde ich jetzt fast eine kleine Gänsehaut bekommen.

»Ich wusste gar nicht, dass du Dachdecker bist«, bemerke ich, und er lacht.

»Sei doch nicht beleidigt. Und außerdem weißt du ja, dass ich handwerklich einiges draufhabe.«

Ich rolle mit den Augen. »Na gut. Und was soll ich dann machen?«

Da stehe ich nun, mit meinem Sonnenhut auf dem Kopf, dem Strandtuch und dem Rucksack. Zudem bin ich immer noch wütend auf Piet.

»Wie wäre es, wenn du die Zeit nutzt und mal die Insel erkundest?«, schlägt er vor.

»Allein? Ich meine …«

»Warum denn nicht? Oder soll ich dir die Hand halten? Mach eine Radtour, lass deinen Kopf vom Fahrtwind durchpusten. Wir waren damals auch am Rantumbecken, kannst du dich noch daran erinnern?«

»Nein, nicht wirklich«, antworte ich und seufze betont laut.

»Ich helfe hier doch nur mal kurz aus. Allzu lang dürfte es wahrscheinlich nicht dauern«, versucht er, mich zu besänftigen. »Also bis später, ja? Ich muss jetzt beide Hände frei haben«, sagt er noch, und schon ist das Gespräch beendet.

Hm, Radfahren. So würde ich zumindest etwas von der Insel sehen. Zudem habe ich keine Lust, hier am Strand zu bleiben – in der Nähe von Piet.

Schließlich klicke ich auf Google, suche mir die Adresse eines Fahrradverleihs heraus und gehe los.

Schafe schubsen

Mittlerweile bin ich in der Straße angekommen, die Google mir angezeigt hat. Alles sieht hier unglaublich gemütlich aus. Die roten Backsteinmauern der Häuser, die weiß gestrichenen Fenster, die Reetdächer. Davor findet man immer wieder Holzbänke, auf denen man sitzen und die Sonne genießen kann, die heute warm vom Himmel scheint.

Schließlich entdecke ich das Haus, in dem die Fahrradvermietung ihren Sitz hat. Die Fahrräder, die vor dem Haus aufgestellt sind, glitzern in bunten Farben im hellen Sonnenlicht.

Als ich darauf zugehe, spricht mich ein Mann an. »Na, junge Frau, wollen Sie einen Ausflug machen?« Er dürfte um die fünfzig sein, hat einen kleinen Bauch und helle, rötliche Haare. Sein Gesicht ist mit Sommersprossen übersät, und er sieht aus wie ein typischer Friese – zumindest so, wie ich mir einen solchen vorstelle.

»Ja, ich dachte mir, dass ein Rad nicht schaden kann, um mal etwas von der Insel zu sehen.«

»Das ist wohl so«, entgegnet er etwas flapsig. »Ich empfehle ein E-Bike.«

Soll ich das jetzt als Beleidigung auffassen? Denkt er etwa, dass es um meine Kondition so schlecht bestellt ist?

»Nein danke, ich bekomme das auch so hin. Ein ganz normales Rad reicht mir.«

Er grinst. »Sicher? Das ist viel entspannter. Man muss nicht so viel treten. Hat auf alle Fälle was für sich.«

»Hier ist doch alles flach«, widerspreche ich. »Kein Problem, ich bin fit.«

»Na schön, wie wäre es dann mit diesem hier?« Er deutet auf ein dunkelblaues Rad mit einem Korb vorne am Lenker. »Da können Sie Ihre Tasche unterbringen.«

»Ja, das wäre sehr praktisch, danke.«

»Also, dann macht das zehn Euro. Reicht Ihnen erst mal ein Tag, oder möchten Sie das Rad länger haben?«

»Ich …« Was mache ich denn jetzt? »Heute reicht. Wann muss ich es zurückbringen?«

»Spätestens bis achtzehn Uhr.«

»Okay, das bekomme ich hin. Ich will ja nur ein bisschen herumfahren. Zuerst möchte ich mal zum Rantumbecken. Sagt Ihnen das was?«

Er lacht. »Natürlich sagt mir das was. Das ist sehr empfehlenswert. Die Natur ist herrlich, man kann dort viele Vögel sehen. Am Hafen drüben beginnt der Radweg.«

»Und wie komme ich dorthin?«

»Immer die Straße lang, dauert nur knapp zehn Minuten.« Er deutet in die Richtung, in die ich fahren soll.

»Gut, danke, das finde ich. Und ein Handy habe ich ja auch.«

Ich drücke ihm einen Zehneuroschein in die Hand, unterschreibe noch ein Formular, packe dann meine Tasche und meinen Hut in den Korb und steige aufs Rad. Während ich die Straße entlangfahre und die charakteristischen Häuser betrachte, an denen ich vorbeikomme, fällt mir auf, dass hier auf der Insel sogar die Wartehäuschen an den Bushaltestellen Reetdächer haben. Ich muss lächeln, weil es irgendwie guttut. Kurz denke ich auch an Piet und seine hinterhältige Aktion mit dem Kuss, aber ich beschließe, mich davon nicht beirren zu lassen. Bisher ist der Tag doch insgesamt schön. Links von mir glitzert das Meer in der Sonne, auf der rechten Seite der Straße erstrecken sich grüne Wiesen, Hecken und kleine Dünenhügel, die komplett zugewachsen sind.

Auf einmal erregt ein Schild meine Aufmerksamkeit: *Strandsauna Samoa*. Ernsthaft? Eine Sauna am Strand? Und wo ist eigentlich der Hafen? Ich halte an und checke auf meinem Handy die Straßenkarten-App. Ach Mensch, ich bin tatsächlich in die falsche Richtung gefahren. Das geht ja schon gut los.

Ob es etwas mit dem Kuss vorhin zu tun hat? Unsinn, sicher nicht. Neugierig betrachte ich das Schild. Reizen würde mich so eine Strandsauna schon. Ich beschließe, diesen Punkt in meinem Kopf auf eine imaginäre To-do-Liste zu setzen und eventuell an einem der nächsten Tage noch mal herzukommen.

Jetzt werde ich doch lieber zum Hafen fahren, also wende ich das Rad und steige wieder in die Pedale. Es geht den gleichen Weg zurück, erneut vorbei an den hübschen Häusern und den Wiesen. Schließlich erreiche ich wieder den Ort, von dem ich losgefahren bin, und schlage die entgegengesetzte Richtung ein.

Irgendwann muss doch mal dieser Hafen kommen, denke ich nach einer Weile. Langsam wird mir von der Treterei echt warm. Kaum habe ich den Gedanken zu Ende gedacht, entdecke ich mehrere Holzpflöcke, die in einer Gruppe aufgestellt sind und auf denen ein Schild mit der Aufschrift *Hafen* angebracht ist. Dann muss ich hier wohl nach rechts abbiegen.

Die Straße, die ich nun entlangfahre, ist enger und holpriger, auf beiden Seiten umgeben von Wiesen und Schafen, die darauf grasen. Okay, hier soll es also wirklich zum Hafen gehen? Was soll das denn für ein Hafen sein? Dennoch entscheide ich mich, einfach mal weiterzufahren.

Nach einer Weile gelange ich zu einem Parkplatz, auf dem einige Autos stehen. Also hätte es auch einen anderen Weg hierher gegeben, aber gut. Ich stoppe das Rad und sehe mich um. Das kann doch nicht sein, oder? Da ist nichts als dieser Parkplatz und ein hölzerner Steg, der ins Wasser ragt und an dem ein paar Boote schaukeln. Ein Hafen? Soso.

»Suchen Sie was?«, fragt mich ein Mann mit einem lustigen Schnurrbart, der an mir vorbeispaziert. Vermutlich sehe ich ziemlich verloren aus.

»Ja, äh … ich suche den Hafen. Ich möchte das Rantumbecken umfahren, das soll sehr schön sein.«

Er nickt. »Hier sind Sie ganz richtig. Sie sind schon da.«

»Ich fahre jetzt also einfach weiter?«

»So ist es. Immer der Nase nach.«

»Danke, dann mache ich das mal. Hauptsache, ich falle nicht auf die Nase«, sage ich ein wenig verlegen.

Der Mann lacht. »Warum denn das?«

»Na ja, ich kann sehr tollpatschig sein, wobei ich heute bislang eigentlich Glück hatte.«

»Und warum sollten Sie jetzt kein Glück mehr haben?«

»Das ist eine verrückte Geschichte.« Ich winke ab.

»Ich liebe verrückte Geschichten. Und das Glück kann einem niemand nehmen, glauben Sie mir.«

»Da bin ich aber anderer Meinung.« Stirnrunzelnd sehe ich ihn an.

»Warum denn? Sie sind hier, gesund und mitten im Leben. Das wird schon.«

»Na schön.« Ich seufze. »Ihr Wort in Gottes Ohren.«

»Oder ins Sylts Ohren.«

»Ich bin übrigens Anni.«

»Heiner.« Er deutet eine kleine Verbeugung an, und ich lächle.

»Okay, dann mache ich mich jetzt wirklich auf den Weg. Ich habe Sie schon zu lange aufgehalten.«

»Sie haben mich doch nicht aufgehalten«, widerspricht er mir. »Man sollte sich immer Zeit nehmen, um sich zu unterhalten und die Wellen zu beobachten. Das Meer erinnert uns daran, dass das Glück wie die Gezeiten ist: Es kommt und geht, aber irgendwo ist es immer da.«

»Das klingt schön. Also, Ihnen noch einen tollen Tag.«

»Das wünsche ich Ihnen ebenso.«

Während ich weiterfahre, denke ich noch mal über seine Worte nach. Das Glück ist irgendwo immer da. Na, das will ich mal hoffen.

So ein Mist. Alles war so entspannt um mich herum: links und rechts von mir das Meer, über mir der Himmel und die hellen Wolken, die manchmal aussehen, als wären sie kleine Schafe. Ja, alles war gut – und ausgerechnet jetzt habe ich einen Platten.

»Das ist so typisch«, schimpfe ich, während ich das defekte Hinterrad betrachte. Von wegen, das Glück kann einem niemand nehmen.

Mir bleibt nichts anderes übrig, als das Rad den Weg zurück zu schieben. Gerade als ich damit umkehre, fällt mir ein Schaf auf, das neben der Straße in der Wiese liegt. Okay, das ist erst mal nichts Besonderes. Aber dann komme ich näher und stelle fest, dass das Tier auf dem Rücken liegt und die Beine von sich gestreckt hat. Ich bleibe stehen und schaue etwas genauer hin. Kann es sein? Ist das Schaf womöglich tot?

Mein Herz klopft heftig. Ich habe natürlich schon Tote gesehen, das lässt sich als Tochter eines Bestatters nicht vermeiden. Dennoch habe ich nicht erwartet, bei meinem Ausflug ein totes Schaf zu finden. Wow, wirklich? Erst ein platter Reifen und dann ein totes Schaf?

Was mache ich denn jetzt? Ich kann doch nicht einfach weiterfahren, denke ich, während ich das Rad abstelle, um noch etwas näher auf das Schaf zuzugehen.

»Du armes Ding«, murmele ich und sehe mich verzweifelt um. Ich muss Hilfe holen, aber wen? Und wo?

Warum muss das jetzt passieren? Ha, bestimmt hat Piet mit seinem blöden Kuss daran Schuld. Oder ist das ein dummer Gedanke?

Ich will gerade mein Handy aus der Tasche ziehen, als ich eine Stimme höre. »Wow, du bringst echt Unglück.« Ich zucke zusammen und drehe mich schnell um. Es ist tatsächlich Piet.

Ich mustere ihn mit zusammengekniffenen Augen. »Was willst du denn hier?«

»Die Frage ist wohl eher, was du hier machst. Das arme Schaf!«

»Was? Ich habe damit nichts zu tun. Es lag einfach so im Gras, keine Ahnung warum.«

Er nähert sich langsam dem Schaf, dann geht er in die Hocke und raunt dem Tier etwas zu. Schließlich hebt er den Kopf und grinst mich an. »Es ist nicht tot.«

»Nicht?«

»Nein. Man muss es nur schubsen.«

Ich höre wohl nicht recht. »Schubsen?«

»Ja, pass auf, ich zeige dir, wie man das macht.« Er stellt sich hinter das Tier, greift mit den Händen unter seine Schultern und gibt ihm einen leichten Schubs. Alles geht ganz schnell, und schon steht das Schaf wieder.

»Oh, wow. Geht es ihm gut?«, frage ich. Das Schaf scheint noch etwas wackelig auf den Beinen zu sein, aber immerhin ist es ganz allein aufgestanden.

»Ich hoffe es. Wenn du so etwas mal wieder siehst, solltest du genau so handeln. Es ist wirklich nicht so schwer. Die Tiere könnten sonst sterben, und zwar ziemlich qualvoll. Ich werde auf alle Fälle beim Schäfer vorbeischauen und ihm sagen, dass eines seiner Schafe hier herumlag. Das Tier scheint auch trächtig zu sein.« Er mustert das Schaf erneut. Mittlerweile wirkt es schon recht munter.

»Es ist trächtig?«

Er deutet auf den Bauch des Schafes. »Ja. Schau doch.«

»Das arme Tier«, sage ich. »Nicht weil es trächtig ist, sondern weil es so etwas erleben musste.«

Piet lächelt. »Du hast ihm wohl einen ganz schönen Schrecken eingejagt.«

»Was? Ich habe gar nichts gemacht.«

»Schon gut, ich veralbere dich doch nur.«

»Ja, superwitzig. Was machst du überhaupt hier?«

»Ich hatte etwas zu erledigen und wollte mir kurz die Beine vertreten«, erklärt er.

»Aha. Und das ausgerechnet hier, oder wie? Ganz zufällig?«

»Ja, ganz zufällig.«

»Hm.« So richtig glaube ich ihm das ja nicht, doch nun beschäftigt mich etwas ganz anderes. »Und das Schaf wäre wirklich gestorben?«, frage ich zaghaft.

»Na ja, wenn Schafe so daliegen, sind sie umgefallen. Es kann sein, dass der Boden mal zu steil ist und sie deswegen umkippen. Oder dass sie sich ausruhen wollten und nicht mehr hochkommen. Jedenfalls ist es so, dass sich Verdauungsgase im Pansen sammeln können, wenn Schafe zu lange liegen. Dann können sie sterben.« Er sieht noch einmal zu dem Schaf. »Es scheint aber noch mal gut gegangen zu sein. Manchmal reicht ein Schubs, und es geht weiter. Du kennst das ja.«

Ich spüre, wie ich rot werde. »Ein Schubs und ein Kuss, um das Glück zu stehlen? Ich dachte, du glaubst nicht an so etwas?«

»Das tue ich ja auch nicht.«

»Ach ja? Und deswegen hast du mich dann vorhin geküsst? Sehr nett von dir.« Ich winke ab. »Ach, vergiss es. Ich habe keine Lust, mich mit dir zu streiten.«

Ich wende mich ab und gehe zu meinem Rad zurück. Natürlich folgt Piet mir. »Oh, hast du einen Platten?«, fragt er nun überflüssigerweise.

»Wie du siehst.«

»Wie hast du das denn gemacht?«

»Ich habe gar nichts gemacht. Wahrscheinlich bin ich irgendwo reingefahren, keine Ahnung.«

»So ein Pech aber auch.« Er seufzt gespielt tief.

»Willst du mich veralbern? Du kriegst gleich echt Ärger mit mir.«

»Nur ein bisschen. Und sei nicht sauer.«

»Sauer? Du nervst mich, ehrlich. Darauf habe ich aber keine Lust. Also, viel Spaß noch – beim Schafe schubsen, heimlichen Küssen oder was auch immer.« Ohne ein weiteres Wort gehe ich los und schiebe mein Rad in Richtung Hafen.

Doch schon nach wenigen Sekunden holt Piet mich ein. »Ach, komm schon, Anni. Frieden? Lass uns zusammen gehen«, schlägt er vor, und ich rolle mit den Augen, sage aber nichts. Er deutet auf das Rad. »Soll ich es nehmen?« Ich zögere kurz, dann gebe ich es ihm.

Eine Weile gehen wir stumm nebeneinanderher, bis Piet irgendwann das Gespräch wiederaufgreift. »Ich muss zugeben, ich habe das nicht geglaubt, doch als ich dann heute …« Er deutet auf die Beule an seiner Stirn.

»Da hast du dir gedacht: Mist, jetzt bin ich vom Pech verfolgt, das muss ich schnell wieder ändern«, mutmaße ich.

Er grinst. »Ich weiß, es klingt verrückt, aber kurz habe ich das wirklich gedacht. Und na ja, wenn ich das jetzt so sehe, dass du nach unserem erneuten Kuss etwas später schon einen platten Reifen hast …«

»Ja, ganz toll. Und deswegen bist du froh, dass du den Fluch wieder mir zugeschoben hast. Vielen Dank auch.«

»Tut mir leid, das war echt bescheuert von mir.« Er lächelt ein wenig verlegen. »Du hast dich wegen des Schafs ganz schön erschreckt, oder?«

»Natürlich.«

»Das kann ich verstehen. Als ich das erste Mal davon gehört habe, dass man Schafe schubsen soll, war ich mit Lina und Elsa unterwegs, und leider ist es nicht so gut ausgegangen«, erzählt er nun und wirkt mit einem Mal traurig.

»Oh. Ist das Schaf gestorben?«, frage ich vorsichtig.

Er nickt. »Elsa hat zwei Tage lang geweint. Und Lina auch.«

»Du nicht?«

»Nun, ich ... ja, ich auch. Aber mein Papa sagte zu uns, dass es manchmal leider so ist. Der Tod gehört nun mal zum Leben dazu.«

»Oh ja, das weiß ich sehr gut«, entgegne ich. »Seit ich denken kann, ist der Tod in unserer Familie praktisch jeden Tag präsent.«

»Wirklich?«

»Ja, mein Papa ist Bestatter. Also nimm dich in Acht. Ein Wort, und wir vergraben dich irgendwo in den Dünen.«

»Muss ich dafür nicht tot sein?«, erkundigt er sich. »Oder ist dein Papa zufällig auch als Auftragskiller tätig?«

Ich zwinkere ihm zu. »Wer weiß?«

In diesem Augenblick erreichen wir den Hafen. Piet bleibt stehen und sieht mich an. »Wollen wir jetzt weiterstreiten oder wirklich Frieden schließen?«

Okay, kann es sein, dass er ein schlechtes Gewissen hat?

»Na ja, ich fand das echt nicht so nett …«, beginne ich, und er unterbricht mich.

»Also gut, nimmst du meine Entschuldigung an?«

Hm, soll ich das machen? Oder soll ich genau wie er vorhin die Gelegenheit nutzen, um mir das Glück zurückzuholen?

Bin ich denn total verrückt geworden, das zu denken? Ein bisschen vielleicht.

Als ich noch immer keine Antwort gebe, fügt er hinzu: »Wir können ja noch mal darüber reden, ehe du dich entscheidest.«

»Und was schlägst du vor?«

»Der Hafenkiosk da vorn ist echt einen Besuch wert. Hast du keinen Durst? Du siehst nämlich schon …«

»Was? Ganz fertig aus?«, entgegne ich. »Ja, wenn du es genau wissen willst: Ich habe vergessen, mir etwas zu trinken mitzunehmen. Obwohl ich mir eigentlich sicher bin, dass ich es eingepackt habe. Aber Pech gehabt.«

»Oh. Also, dann machen wir das doch mit dem Kiosk, oder? Ich lade dich auch ein.«

»Na schön.«

Wir stellen das Rad auf einem Parkplatz ab, der sogar speziell als Fahrradparkplatz ausgewiesen ist. Dann gehen wir auf den Kiosk zu, der mir vorhin, als ich zum ersten Mal hier vorbeikam, gar nicht aufgefallen ist. Es ist ein hölzernes Häuschen, an dem ein relativ großes Schild mit der Aufschrift *Hafenkiosk* prangt. Besonders gefallen mir die hübschen Details an der Wand des Kiosks: ein Haifisch, ein Rettungsring, ein Schild mit dem Text »*Morgen Freibier*«. Vor dem Kiosk stehen weiß lackierte Strandkörbe mit blau-weiß gestreiften Polstern. Die Besucher, die dort sitzen, sind in Gespräche vertieft und genießen die Speisen, die hier verkauft werden. Ein Hund liegt schlafend am Boden in der Sonne. Und der Duft, der mir in die Nase steigt, ist unfassbar gut. Es riecht nach Fisch, Zwiebeln, Knoblauch und Sommer. Natürlich werden hier allerlei Fischspezialitäten angeboten wie Matjes, Brathering, Backfisch, Lachs und Aal, aber auch andere Gerichte wie Currywurst und Pommes. Und die Auswahl der Getränke ist ebenso einladend: Bier, Softdrinks, Aperol und Tee.

»Weißt du schon, was du möchtest?«, fragt Piet. »Wie gesagt, ich lade dich ein.«

»Okay, dann einmal alles! Die ganze Karte von oben bis unten«, rufe ich ausgelassen. »Spaß! Ich nehme eine Currywurst und eine Limo. Und du?«

»Einen Pott Kaffee. Aber mal im Ernst, Currywurst ist super, du solltest jedoch lieber die Fischbrötchen probieren. Hier gibt es die besten der Insel. Ich nehme ebenfalls eines. Du kannst aber auch erst mal von meinem probieren.«

Energisch schüttele ich den Kopf. »Falls du dich erinnerst, ich bin gestern Abend fast an einer Gräte erstickt. Vielleicht versuche ich eines, wenn ich das Glück wiederhabe, aber jetzt möchte ich kein Risiko eingehen.«

»Na schön.«

Schließlich gibt Piet die Bestellung auf. Da alle Strandkörbe besetzt sind, suchen wir uns einen Platz an einem der Tische unmittelbar neben dem Kioskhäuschen mit Blick auf das Watt.

Piet lässt seine Augen über die Umgebung schweifen. »Schön hier, oder?«

»Führen wir jetzt Small Talk?«, frage ich ihn mit einer Spur von Ironie in der Stimme.

»Ein wenig vielleicht.«

»Ja, sehr schön hier«, antworte ich deshalb. »Und, wie geht es dir sonst so? Hattest du noch einen guten Tag?«

Er grinst. »Ich weiß, wie du das meinst, aber mein Tag war in der Tat sehr gut. Du warst kaum weg, da habe ich das andere Erste-Hilfe-Set wiedergefunden. Außerdem konnte ich einer Frau helfen, die sich verletzt hatte.«

»Wie schön für dich.« Ich verdrehe die Augen.

Das Gerät, das wir bekommen haben, summt, und Piet macht sich auf den Weg zur Essensausgabe. Als er zurückkommt, stellt er alles auf unserem Tisch ab, und ich greife sogleich nach einer Pommes.

»Und, schmeckt's?«

Ich nicke und nehme einen Schluck von meinem Getränk, während er in sein Brötchen beißt.

»Und du hattest also nur miese Dates, bevor du hierhergekommen bist?«, will er jetzt wissen.

»Das kann man so sagen.«

»Was war denn so mies daran?«

»Vor allem die blöden Fragen, die mir immer gestellt werden.«

»Autsch. Zum Glück haben wir kein Date.«

Damit schafft er es sogar, dass ich lächle. »Stimmt. Denn sonst wäre es vermutlich das schlimmste Date aller Zeiten.«

»Noch mal autsch.«

»Nichts autsch. Immerhin sitzen wir nur hier, weil du …« Ich winke ab. »Ach, egal.«

»Gezwungen habe ich dich jedenfalls nicht«, meint Piet. »Und eigentlich ist es doch nicht so schlecht gelaufen. Vielleicht war dein Platten sogar Glück im Unglück. Für das Schaf auf alle Fälle.«

»Das bedeutet also, man soll in allem immer etwas Gutes sehen?«

»Klar.«

»Wenn es so ist, warum hast du dann so panisch reagiert und wolltest den Fluch unbedingt loswerden? Eigentlich hättest du dich doch über das Positive freuen müssen, nachdem du heute so viel Unschönes erlebt hattest. Aber nein, du hast mich geküsst.«

Er lacht. »Der war gut. Ja, wer weiß. Wegen meiner Verletzung bist du mit dem Erste-Hilfe-Set gekommen. Ich konnte dich küssen. Du hattest den Platten, das Schaf wurde gerettet. Super Karma.«

Nachdenklich blicke ich Piet an. Nun, wenn er das so sieht, wird er sich ja gleich freuen. Denn er weiß noch nicht, dass auch ich einen Plan habe.

Was er kann …

Als wir fertig gegessen haben, gehen wir zu meinem Rad zurück. »Oh Gott, das ist ja noch ein ganz schönes Stück bis zum Fahrradverleih«, realisiere ich mit einem Mal. »Und diese ganze Strecke muss ich das Ding da schieben.«

Piet grinst. »Stell dir vor, du hast Glück. Ich bin mit dem Lieferwagen da.«

»Was?« Ich ziehe eine Augenbraue nach oben. »Du bist mit dem Lieferwagen hergekommen? Mit Lissy?«

»Ja, ich war mit Lissy unterwegs und habe etwas ausgefahren. Ich habe dir doch gesagt, dass ich mir dachte, ich könnte mir kurz die Beine vertreten.«

»Super, dann könntest du mich doch mitnehmen«, schlage ich vor.

»Hm. Wenn du ganz nett fragst …« Ich rolle mit den Augen, und er lacht. »Mensch, Anni. Natürlich kannst du mitfahren. Denkst du, ich lasse dich hier mit dem platten Reifen stehen?« Er nimmt das Rad und hebt es in den Lieferwagen.

»Du machst schon viel Sport, oder?«, frage ich spontan.

»Wie kommst du darauf?«

»Na ja.« Ich deute auf seine Oberarme, und seine Mundwinkel beginnen zu zucken.

»Flirtest du gerade mit mir?«

»Was? Nein, ich dachte nur … sie sehen echt sportlich aus.«

»Danke«, antwortet er, und ich muss mir ein Grinsen verkneifen. Jetzt habe ich ihn am Haken.

Entschlossen gehe ich einen Schritt auf ihn zu. »Kommt das von der Arbeit auf dem Hof?«

Er runzelt die Stirn. »Unter anderem.«

»Toll, wirklich. Ich mag Männer mit starken Armen.«

»Das freut mich.« Er räuspert sich und öffnet mir die Beifahrertür. »Dann setz dich mal rein. Die starken Arme werden uns jetzt zum Hof lenken.« Dann geht er um den Wagen herum und steigt auf der Fahrerseite ein.

Er ist gerade dabei, den Motor zu starten, als mir mein Rad wieder einfällt. »Ach, noch was. Es wäre toll, wenn die starken Arme erst noch das Rad beim Fahrradverleih abgeben könnten, bevor sie uns zum Hof chauffieren.«

»Klar.«

Er lenkt das Auto vom Parkplatz auf die Straße, die ich vorhin mit dem Rad entlanggefahren bin. Nicht viel später biegen wir in die Hofeinfahrt des Fahrradverleihs ein. Piet parkt den Wagen und holt das Rad aus dem Laderaum.

Der Mann, bei dem ich es gemietet habe, kommt zu uns her. »Oh weh, ist was kaputt?«, will er wissen, und ich nicke.

»Ja, ich habe einen Platten am Hinterrad. Tut mir echt leid.«

Er winkt ab. »Halb so wild. Ich muss Ihnen aber leider einen kleinen Betrag für die Reparatur berechnen.«

»Und wie viel wäre das?«

»Zehn Euro.«

Zu meiner Verwunderung zieht Piet einen Geldschein aus der Tasche. »Hier.«

»Danke.« Der Mann mustert uns beide, dann grinst er breit. »Piet, Piet, immer zur Stelle.« Seinem Tonfall nach zu schließen, hat Piet sicher einige Tricks auf Lager.

»Ja, er hat mir wirklich geholfen«, antworte ich und streiche Piet aufreizend über die Oberarme. Haha, der war gut.

»So ist das nicht«, verteidigt er sich sogleich. »Das war Zufall. Anni ist Gast bei uns, und ich war zufällig in der Nähe …«

»Jaja, immer diese Zufälle.« Der Mann vom Fahrradverleih winkt ab. »Na, dann wünsche ich euch noch viel Spaß«, meint er, nachdem Piet ihm das Rad übergeben hat.

»Okay, was wird das hier?«, will Piet wissen, nachdem wir beide wieder im Auto Platz genommen haben.

»Nichts. Ich bin doch nur dankbar für deine Hilfe und alles.«

Wortlos startet er den Motor, und genauso schweigend fahren wir zum Hof zurück.

Piet parkt den Lieferwagen auf dem Platz vor dem Hofladen. Nachdem er den Motor abgestellt hat, sieht er mich an. »So, da sind wir wieder.«

»Ja, dann also danke noch mal«, antworte ich, und er nickt.

»Dann haben wir jetzt Frieden?«

»Klar. Frieden.« Er will aus dem Wagen aussteigen, aber ich halte ihn zurück. »Warte mal, Piet. Du sagtest doch, ich könnte dich fragen, wenn ich etwas brauche, oder?«

»Natürlich. Ist noch was?«

»Wenn du so fragst … In meinem Apartment flackert eine Glühbirne der Deckenbeleuchtung. Könntest du dir das mal ansehen?«

»Kein Problem, das mache ich gleich.«

Gemeinsam gehen wir zum Apartment, und als wir vor der Tür stehen bleiben, hole ich den Schlüssel aus meiner Tasche. Ich stecke ihn ins Schloss, und die Tür öffnet sich mit einem leisen Klick.

Doch bevor ich sie aufschiebe, halte ich inne. »Ich möchte dich vorher noch etwas fragen«, beginne ich zögernd. »Findest du, dass … dieses Muttermal hier … Schau, ist das irgendwie …«

Er sieht mich etwas irritiert an. »Was meinst du?«

»Na hier.« Ich deute an meinen Hals, und er beugt sich tiefer und tiefer zu mir herunter. Schnell nutze ich meine Chance und drücke ihm einen Kuss auf die

Lippen. Schon eine Sekunde später eile ich ins Zimmer und knalle ihm die Tür vor der Nase zu.

»Das hast du jetzt nicht gemacht«, ruft er von draußen, und ich lache.

»Doch, das habe ich. Also dann, wir sehen uns!«

Tja, was er kann, kann ich schon lange.

Das Glück ist wie die Gezeiten:
Es kommt und geht,
aber irgendwo ist es
immer da.

Ein Essen mit Hindernissen

»Anni, wo bist du denn?«, will Papa wissen. Er ruft mich gerade in dem Moment an, als ich aus der Dusche komme. Ich habe mir das Handtuch um den Körper gewickelt und bin bester Laune. Immerhin habe ich Piet einen Kuss entlockt. Genial, oder?

»Ich war duschen. Warum, was ist los?« Ich setze mich zum Telefonieren aufs Bett. »Sag bloß, du vermisst mich jetzt doch.«

»Ich muss dich nicht vermissen, schließlich bist du ja ganz in meiner Nähe. Und du hattest wohl einen interessanten Tag, oder? Wie geht es dem Schaf?« Seiner Stimme höre ich an, dass er grinst.

»Hoffentlich weiterhin gut. Aber woher weißt du davon?«

»Ach, Piet hat es erzählt.«

»Piet?«

»Ja, ich bin kurz rüber zum Hof gegangen, weil ich Werkzeug brauchte, und anschließend war er so nett, mich damit zurück in die Pension zu fahren. Sehr nett, wirklich.«

»Piet ist ja wohl der Taxifahrer der Insel«, schlussfolgere ich leicht ironisch.

»Hahaha, vermutlich schon. Du hattest ja auch Glück, dass er in der Nähe war.«

»Ja, so ein Glück aber auch.«

»Jedenfalls hat Inga uns nachher zum Abendessen eingeladen. Was meinst du? Das ist doch eine tolle Idee.«

»Hat sie uns eingeladen oder eher dich?«, hake ich nach, und er lacht.

»Natürlich uns.«

»Ach Papa, ich …« Habe ich wirklich Lust auf das Essen? Schon lieb von Inga, aber nachdem ich jetzt Piet diese Falle gestellt habe …

Doch er scheint mein Zögern nicht wahrzunehmen. »Ich verstehe dich plötzlich so schlecht, irgendwas ist da in der Leitung. Also, ich fahre nachher mit Piet rüber zum Hof. Er macht gerade noch ein paar Auslieferungen und kommt danach wieder hier vorbei und holt mich ab. Dann sehen wir uns ja. Gegen sieben sollen wir da sein, hörst du?«

»Na schön«, antworte ich schließlich, auch wenn das absolut nicht in meinen Plan passt. Denn der ist ja, dass ich Piet, nachdem ich ihm den Kuss gestohlen habe, von jetzt an so gut wie möglich aus dem Weg gehen werde. Aber aus der Sache mit dem Abendessen komme ich wohl nicht raus.

Ich will mich gerade anziehen, als mein Handy erneut klingelt. Diesmal ist es Bine.

»Na, alles gut? Bist du gerade in deinem Apartment?«, will sie neugierig wissen.

»Ja, das bin ich. Das war ein Tag, ich sage es dir.« Ich seufze langgezogen und nicht gerade leise.

»Warst du am Strand? Oder was hast du gemacht?«

Wir vereinbaren, dass ich mich nun erst einmal abtrockne und mir etwas anziehe. Danach rufe ich Bine zurück und erzähle ihr alles. Dass ich erst Piet verarztet und mir dann ein Fahrrad gemietet habe, weil Papa unbedingt in der Pension beim Renovieren helfen wollte. Und ich berichte auch von meiner Vermutung mit dem Kuss und dem Fluch, unserem verrückten Glückstausch sozusagen, wenn man das so nennen kann.

»Das ist echt verrückt«, meint sie, als ich geendet habe. »Glaubst du wirklich, dass es damit etwas zu tun hat? Also dass der Kuss den Fluch genommen und dann übertragen hat?«

»Nun ja, zumindest hat Piet es auch gedacht, sonst hätte er dieses Theater nicht abgezogen.«

Sie kichert. »Und dann hast du das Gleiche gemacht und ihm die Tür vor der Nase zugeknallt. Du bist mir ja eine.«

»Tja, er hat sich eben mit der Falschen angelegt. Ich habe mir mein Syltseeglück zurückgeholt.«

»Echt verrückt. Aber noch mal wegen des Schafs. Das bedeutet ja wohl, dass du eine Heldin bist.«

»Ich? Der Held ist Piet, er hat das Schaf gerettet«, korrigiere ich sie. »Irgendwie sollte es wohl so sein, dass er zur Stelle war. Eines sage ich dir: Der Kerl hat es faustdick hinter den Ohren. Doch bei mir ist er da an der falschen Adresse.«

»Anscheinend schon. Und jetzt? Gemeinsames Abendessen, oder wie?«

»Ja, und das passt mir ganz und gar nicht in den Kram. Was, wenn Piet wieder versucht, mich zu küssen? Ich muss so was von auf der Hut sein. Wer hätte gedacht, dass Küsse so gefährlich sein können?«

»Du musst auf der Hut sein, damit du keinen Kuss bekommst?«, wiederholt Bine. »Das würde dir echt niemand glauben. Irgendwie ist das ja schon witzig.«

»Da sagst du was. Aber ich bekomme das hin. Der Kerl küsst mich nicht noch mal«, nehme ich mir in diesem Augenblick felsenfest vor.

»Dann erzähl mir später mal, wie es war. Ich muss jetzt los, Harry und ich wollen noch ins Möbelhaus fahren. Wir brauchen ein neues Bett. Frag mich aber nicht, warum.«

Ich lache. »Du kannst doch so etwas nicht einfach in den Raum werfen, und dann darf ich nicht fragen, warum ihr ein neues Bett braucht. Also, warum?«

»Es quietscht, und das nervt. Und es hat ausgedient. Mehr sage ich nicht dazu. Basta.«

»Na gut, also bis dann.«

Nachdem wir aufgelegt haben, sitze ich noch eine Weile da und denke nach. Über den Tag mit Piet, das Schaf und auch über Piets Küsse. Ob das mit dem Fluch und dem Karma nur eine Einbildung ist? Vielleicht, doch das wird sich ja herausfinden lassen.

Als ich aus der Haustür trete, sitzt Papa bereits auf der Bank vor dem Haus und unterhält sich angeregt mit Inga. Die beiden wirken ziemlich vertraut in ihrem Gespräch, und ich muss zugeben, sie sehen auch wirklich gut zusammen aus.

Ich bleibe vor ihnen stehen, und Papa lächelt mir zu. »Anni, da bist du ja, wie schön.«

»Ja, hier bin ich.« Interessiert mustere ich ihn. Er hat schon eine leichte Bräune im Gesicht und sich wieder schick gemacht. Papa, Papa …

Inga nickt mir freundlich zu. »Hast du Hunger, Anni?«

»Nur ein wenig, aber das kommt sicher noch beim Essen.« Immerhin habe ich ja mit Piet schon etwas am Hafen gegessen. Mist, das hätte ich auch als Begründung aufführen können, um dem erneuten Zusammentreffen mit ihm aus dem Weg zu gehen. Zu spät.

Papa steht auf. »Nun, dann wollen wir mal. Lina und Elsa haben gekocht, und ich sage dir, es riecht nicht nur köstlich, sondern sieht auch sehr lecker aus.«

»Hast du schon heimlich in den Topf geschaut, oder wie?«

»Ach, ich war einfach neugierig, weil es so unfassbar gut geduftet hat.«

Inga winkt lachend ab. »Er übertreibt maßlos. Der Eintopf ist ein altes Rezept unserer Familie. Ich hoffe, euch schmeckt er auch. Habt ihr denn etwas dagegen, wenn wir draußen essen? Das Wetter ist so schön.«

»Das klingt sehr gut. Kann ich euch etwas helfen?«, frage ich.

»Nein, nein, Lina und Elsa machen das schon. Ich würde sagen, wir setzen uns an einen der Tische vor dem Laden, da ist es schön gemütlich, und wir können noch die Abendsonne genießen. Die letzten Gäste sind jetzt auch schon weg.«

Als wir vor dem Laden ankommen, ist Elsa gerade dabei, die Tische, die heute nicht mehr gebraucht werden, abzuwischen. Sie begrüßt uns mit einem Lächeln. »Es ist bereits alles fertig, und der Tisch ist auch gedeckt. Setzt euch ruhig schon mal hin. Piet hat versprochen, uns mit den Getränken zu helfen. Er wird gleich da sein.«

Piet wird also auch zum Essen kommen. Klar, das hätte ich mir ja denken können, schließlich wohnt er hier auf dem Hof und gehört zur Familie. Piet. Seine Lippen, dieses verrückte Hin und Her … Eigentlich möchte ich das nicht, doch als ich seinen Namen höre, klopft mein Herz etwas schneller. Oh Mann.

Ich nehme zusammen mit Inga und Papa an dem Tisch Platz, der mit typisch friesländischem Geschirr und frischen Blumen aus dem Garten ausgesprochen hübsch gedeckt ist. Die Tür zum Laden und damit auch zur Küche ist weit geöffnet, und der Duft, der mir von dort in die Nase dringt, ist wirklich lecker, so herzhaft und würzig.

»Und, wie ist es dir heute so ergangen? Hattest du Spaß?«, will Inga wissen. Sie schenkt jedem von uns aus einer Wasserflasche, die schon auf dem Tisch bereitsteht, ein Glas ein. Dankbar nehme ich gleich einen großen Schluck.

»Nachdem Papa ja beschlossen hatte, nicht mit mir an den Strand zu gehen, habe ich mir ein Fahrrad gemietet und bin zum Rantumbecken gefahren«, erzähle ich.

»Ja, ich habe schon mitbekommen, dass er immer gern am Werkeln ist, und Renate ist ihm auch sehr dankbar dafür.«

»Das kann ich mir vorstellen«, antworte ich leicht schnippisch, obwohl ich das eigentlich gar nicht will.

Papa lacht. »Tu nicht so, Anni. Dir hat es doch auch Spaß gemacht, oder? Immerhin weißt du jetzt, was man tun muss, wenn Schafe in Not sind.«

Inga sieht mich an. »Das war sicher erst mal ein Schock, oder? Wirklich ein glücklicher Zufall, dass Piet gerade in der Nähe war.«

»Ja, so ein Glück«, entgegne ich, und sie nickt. Natürlich versteht sie die Ironie nicht.

»Wenn man so etwas zum ersten Mal sieht und hört, ist man schon ein wenig verunsichert, das weiß ich. Aber ihr beide habt das ja gut hinbekommen. Und das Schaf kann jetzt weiter gemütlich grasen.«

»Der Schäfer meinte auch, dass alles in Ordnung sei«, erklingt nun eine Stimme, die ich sofort erkenne. Schnell hebe ich den Kopf.

Piet kommt gerade aus dem Hofladen. Er trägt einen großen gusseisernen Topf, der ziemlich schwer aussieht, und stellt ihn vorsichtig auf dem Tisch ab. »Achtung, der ist sehr heiß, ich habe mich eben schon verbrannt.«

Inga deutet auf die großen Topflappen in seinen Händen. »Damit konntest du dich verbrennen?«, fragt sie erstaunt.

»Ach, keine Ahnung, wie das passiert ist. Irgendwie muss mir der Topflappen verrutscht sein.« Dabei bedenkt er mich mit einem leicht vorwurfsvollen Blick.

Na so was, denke ich mir und grinse, sage jedoch nichts.

Während er noch einmal ins Haus zurückgeht, um die Getränke zu holen, gesellen sich Elsa und Lina zu uns. Elsa trägt einen großen Korb mit verschiedenen Brotsorten, den sie ebenfalls auf dem Tisch platziert.

Und jetzt kommt auch Piet bereits wieder zurück. In den Händen hält er eine Kiste mit verschiedenen Flaschen, die ein besorgniserregendes Klirren von sich geben, als er sie auf dem Boden abstellt. »Ich bin heute wirklich sehr ungeschickt«, meint er.

»Stimmt, das ist echt nicht dein Tag«, bestätigt ihm Inga. »Du arbeitest zu viel.«

»Schon gut, Mama, aber ich arbeite auch nicht mehr als sonst. Heute ist es eher so, als läge eine Art Fluch auf mir.« Wieder sieht er mich an. Jaja …

»Das sagt Anni auch immer. Sie ist eigentlich der Tollpatsch«, verrät Papa.

»Ja, das bin ich«, stimme ich ihm zu. »Ein Tollpatsch. Zum Glück aber heute etwas weniger. Irgendwie läuft es ganz gut. Vorhin wäre ich fast in der Dusche ausgerutscht, doch welch ein Wunder, es ist alles gut gegangen.«

»Das freut mich. Wobei du allerdings nicht vergessen darfst, dass du an deinem Fahrrad einen Platten hattest«, gibt er zu bedenken. »Da hatte dich das Glück wohl kurz verlassen.«

»Aber nur kurz. Jedenfalls habe ich so ein Gefühl, dass es jetzt besser wird.«

Dieser verbale Schlagabtausch zwischen uns beiden muss auf die anderen merkwürdig wirken, also sage ich schnell zu Piet: »Du hast mit dem Schäfer gesprochen? Dem Schaf geht es gut, oder?«

»Ja. Wir haben zum Glück noch rechtzeitig gehandelt. Und das Schaf ist wirklich trächtig«, berichtet er, während er beginnt, den Eintopf auf unsere Teller zu verteilen.

»Super. Da bin ich erleichtert.«

»Na dann, lasst es euch schmecken. Ich hoffe, ich habe gut gekocht.« Augenzwinkernd blickt Piet in die Runde.

»Das ist Linas und mein Verdienst!«, protestiert Elsa, die uns gerade Wein eingießt. »Du hast nur den Topf getragen, und nicht mal das ist dir heute ohne Probleme gelungen.«

Inga sieht Elsa mahnend an. »Sei nicht so gemein zu deinem Bruder. Jeder hat mal einen schlechten Tag.«

»Der arme Piet.« Sie lacht. »Also dann, einen guten Appetit euch allen.«

Neugierig nehme ich einen Löffel von dem Eintopf, und ich muss sagen, er schmeckt wirklich so gut, wie er riecht. »Das ist ja superlecker«, sage ich. »Was ist denn da alles drin?«

»Danke schön.« Elsa senkt ein wenig verlegen den Blick. »Da ist allerlei Gemüse drin, Fleisch, Speck – und dann noch eine geheime Zutat.«

Piet grinst. »Jaja, Elsa und ihre geheimen Zutaten.«

»Sehr gut, wirklich«, lobt nun auch Papa. »Und danke, dass wir mit euch essen dürfen. Hatten die anderen Gäste keinen Hunger?«

»Na ja, also, es ist so …« Inga nimmt einen Schluck aus ihrem Weinglas. »Wir laden nicht jeden Gast zum Essen ein, aber du hast uns heute so super geholfen. Danke noch mal ganz herzlich dafür.« Täusche ich mich, oder werden ihre Wangen leicht rot? Doch vielleicht ist das ja auch nur dem Wein geschuldet. »Weißt du, mir ist nämlich beim Putzen ein Fenster aus den Angeln gefallen«, erzählt sie mir nun. »Dein Papa kam zufällig hinzu, weil er Werkzeug holen wollte, und hat es dann gleich repariert.«

»Jaja, diese Zufälle. Da hattet ihr wirklich Glück. So schön, wenn man es teilen kann«, sage ich und sehe grinsend von Inga zu Papa.

»Und es ist schön, dass du handwerklich so begabt bist«, fügt Elsa hinzu. »Mama sagte, dass du im wahren Leben Bestatter bist?«

Papa nickt. »Ja, das stimmt. Es ist ein Familienunternehmen schon in der dritten Generation. Deswegen kann ich jetzt auch hier sein und Urlaub machen. Annis Bruder Jakob vertritt mich, er macht das ausgesprochen gut und wird irgendwann auch einmal den Betrieb übernehmen. Nachdem Anni ja lieber woanders arbeitet …« Papa tätschelt meine Wange, und ich winke ab.

»Ach Papa, dieses Thema müssen wir doch nicht schon wieder durchdiskutieren, vor allem nicht jetzt und hier.«

»Ich sage es ja nur.«

»Es ist schon gut, einen Bruder zu haben, oder?«, fragt Elsa mich. »Auch wenn Piet manchmal nervt, bin ich doch froh, dass es ihn gibt. Gut, gerade ist er ungewöhnlich tollpatschig, aber …« Sie kichert.

»Na ja, dich hätte ich ja auch fast erwischt, Anni«, meint Lina.

»Ja, doch zum Glück nur fast.«

»Wie ist das eigentlich so, als Bestatter zu arbeiten?«, will Piet von Papa wissen.

Dieser legt den Kopf schief. »Auch wenn sich das vielleicht merkwürdig anhört, aber es ist durchaus positiv. Okay, natürlich nicht immer. Was mir an der Arbeit besonders gefällt, ist, dass man den Menschen einen gewissen Respekt zollen und sie auf ihrem letzten Weg begleiten kann.«

»Das stimmt. Das ist eine große Aufgabe«, pflichtet Inga ihm bei.

Papa lächelt. »Wir haben alle unsere Aufgaben. Mit so einem großen Hof ist man ja ganz sicher auch beschäftigt.«

»Sagen wir es so, bis vor einem Jahr waren wir noch sehr verzweifelt«, erzählt Lina. »Ich hatte echt Bedenken, dass es nicht mehr lange gut gehen wird.«

»Ehrlich? Warum?« Ich sehe sie teilnahmsvoll an.

»Das Geld hat nicht gereicht. Na ja, dafür gab es mehrere Gründe. Doch dann hat sich so viel getan. Eigentlich dank Piet, auch wenn ich das nicht gern zugebe. Aber hätte er sich nicht einfach auf die Anzeige bei Instagram beworben, dann wäre das alles wohl nicht passiert. Ich war da nicht mutig genug.«

Bei dem Wort *Anzeige* werde ich hellhörig. Womöglich eine Partneranzeige? Quatsch. Was denke ich denn da? »Wirklich? Eine Anzeige?«, hake ich also nach.

»Ja, damals wurde für Filmdreharbeiten ein Hof auf Sylt gesucht, und Piet hat uns angemeldet, ohne dass ich damit einverstanden war.«

Piet lacht. »Wobei es nicht so einfach war, wie es klingt. Denn als der Schauspieler, der für die Rolle vorgesehen war, hier auftauchte, war unsere liebe Lina gar nicht begeistert.«

»Was heißt, ich war nicht begeistert?«, entgegnet Lina. »Ich war angefressen. Aber ihr wisst auch, warum. Weil es so nicht ausgemacht war.«

Piet blickt in die Runde. »Das ist zwar die Untertreibung des Jahrhunderts, aber lassen wir es mal so stehen. Oder hast du doch noch was hinzuzufügen?«

»Okay, ich war richtig sauer auf dich«, gibt Lina nun zu. »Denn ich hatte absolut keine Lust auf diesen Kerl. Wir hatten auch so unsere Schwierigkeiten, doch irgendwann haben wir uns ineinander verliebt. Das klingt wie aus einem kitschigen Film, oder? Und ein solcher ist daraus ja auch entstanden.«

Langsam dämmert es mir. »Das Bild im Laden, klar. Syltseeliebe auf dem Syltseehof.«

»Ja, und der Film hat wirklich einiges gebracht«, erzählt Lina weiter. »So viele wollen seitdem hier zumindest mal einen Kaffee trinken und unser Gebäck probieren, zum Beispiel unsere Friesentorte oder die Syltseeliebe-Kekse. Und wir haben einen Onlineshop und Gäste, die hier übernachten. Seit letztem Jahr ist so viel passiert, was vorher gar nicht geplant war. Wir hatten uns auf den Anbau von Gemüse und Obst und auf den Verkauf von Eiern konzentriert.«

»Apropos Eier«, schaltet sich Inga nun ein, »Elsa macht einen unheimlich leckeren Eierlikör. Und sie kann wundervoll backen. Ihr werdet es beim Nachtisch sehen.«

Ich lächle. »Darauf freue ich mich. Wenn er so gut schmeckt wie das Friesentörtchen und der Orangen-Sanddorn-Cupcake …«

»Noch besser«, kommt es von Lina wie aus der Pistole geschossen.

Elsa gibt ihr einen leichten Schubs in die Seite. »Meine große Schwester übertreibt. Aber Tatsache ist, dass sie ohne mich nicht leben kann. Sie braucht mein Gebäck, um runterzukommen.«

»Und dieser Schauspieler war dann also doch nicht so schlimm?«, will ich jetzt wissen, weil ich neugierig bin, wie die Sache ausgegangen ist.

»Nein, ganz und gar nicht. Was soll ich sagen? Wir sind immer noch zusammen.«

»Das ist schön. Also habt ihr die Liebe gefunden?«

»Ja, absolut.« Ihre Wangen werden nun sichtbar rot.

»Und wo ist er gerade?«

»Er dreht im Moment in der Nähe von Berlin«, berichtet Lina. »In wenigen Tagen kommt er jedoch zurück. Darauf freue ich mich total. Ich vermisse ihn schon sehr.«

»Ja, Gott sei Dank ist er bald wieder hier«, bemerkt Piet. »Wenn Hendrik unterwegs ist, ist es mit Lina kaum auszuhalten.«

Lina streckt ihm die Zunge heraus. »Wenn man sein Herz verliert, dann ist das eben so, Bruderherz. Kennst du aber nicht.«

Für den Bruchteil einer Sekunde springt sein Blick zu mir. »Nein, das kenne ich nicht. Ich bin gemein und gefühllos, ein Bösewicht.«

»So ist es«, bestätigt Elsa mit gespielt ernster Miene.

Inga hebt die Hand. »Sie machen nur Witze«, erklärt sie Papa und mir. »Piet hat ein sehr gutes Herz.«

»Ach Mama, jetzt hör bitte auf.«

»Ist doch so. Du findest schon noch dein Glück.«

»Ja, mal sehen«, antwortet Piet nur und sieht mich mit einem Mal eindringlich an.

Papa zwinkert mir zu. »Da hörst du es, Anni. Man findet schon sein Glück.«

»Vielleicht habe ich es ja schon gefunden«, entgegne ich. »Und ich gebe es nicht mehr her. Es gehört mir.«

»Hört, hört. Habe ich etwa was verpasst?«

»Nur, dass heute alles viel besser läuft. Das habe ich ja schon gesagt.«

»Na, immerhin. Darüber bin ich wirklich froh. Wisst ihr, meine liebe Anni lag vor wenigen Tagen noch in einem unserer Särge, und da sah es gar nicht danach aus, als würde es gut laufen.«

Blitzartig verstummen alle und starren mich mit weit aufgerissenen Augen an. Nur Piet grinst. »Das ist ja interessant. In einem Sarg?«

»So war das nicht, das ist … das ist peinlich, Papa!«, protestiere ich.

Lachend ignoriert er meinen Einwand. »Ach, komm schon, ist doch lustig. Du hattest ein schlechtes Date und zu viel Wodka. Entschuldige, dass ich das so sage, aber das war einfach zu gut.«

Elsa nimmt einen Schluck aus ihrem Weinglas und lacht ebenfalls. »Oh ja, schlechte Dates kenne ich. Davon kann ich auch ein Lied singen. Da würde man sich am liebsten verkriechen – meinetwegen auch in einen Sarg.«

Oh Mann.

»Mensch, Papa«, sage ich. »Ich bin einfach nur eingeschlafen. Aber jetzt wird hoffentlich alles besser. Ich bin zuversichtlich. Man muss nur wissen, wo das Problem liegt. Dann löst man es, und alles geht seinen Weg. Ich sage nur Karma und so.«

Mein Blick wandert zu Piet, der mich herausfordernd angrinst. »Ach ja? Und du weißt jetzt, wo das Problem liegt?«

»Ja, ich glaube schon.«

»Ich denke, Glück ist auch, morgens aufstehen und einen neuen Tag erleben zu können. Das vergisst man leider viel zu oft«, meint Lina nachdenklich.

»Papa ist jetzt seit mehr als drei Jahren tot, und er fehlt uns sehr. Bis letztes Jahr war es ganz schlimm, ich konnte nicht mal Dinge von ihm ansehen oder anfassen.«

»Oh ja.« Elsa seufzt, und auch Piet wirkt betroffen. Dass der Vater der drei Geschwister tot ist, wusste ich nicht. Doch ich gebe zu, ich habe mir darüber auch noch keine allzu großen Gedanken gemacht.

Inga greift über den Tisch nach den Händen ihrer Kinder. »Ich weiß, es war eine harte Zeit, aber wir haben es richtig gut gemeistert. Und schaut, was aus dem Hof geworden ist. Wir haben so viel Glück. Dafür bin ich dankbar.«

Papa lächelt. »Das sind schöne Worte. Ich bin auch stolz auf Anni und freue mich, dass sie mit mir hier ist. Und ihr beide scheint euch doch gut zu verstehen, Piet. Auch wenn Anni erst dachte, dass du sie verflucht hast.«

Das darf jetzt nicht wahr sein. Natürlich drehen sich nun schlagartig wieder alle Köpfe in meine Richtung.

»Kannst du bitte mal damit aufhören, Papa? Ich war damals dreizehn, und das war ein dummer Gedanke«, verteidige ich mich schnell. Immerhin ist das etwas Privates, aber das scheint Papa egal zu sein.

»Jetzt bin ich doch neugierig«, sagt Lina, während Elsa mit offenem Mund dasitzt.

Mir bleibt nun wahrlich nichts anderes übrig, als zu erklären, was dahintersteckt. »Na ja, Piet und ich sind uns wohl schon mal begegnet und …« Ich stocke, aber Piet spricht an meiner Stelle weiter.

»Sie dachte, dass sie mir vor etwa fünfzehn Jahren mal das Herz gebrochen hat und dass ihr deswegen so viele Missgeschicke passieren. Dass sie wegen dieser Sache ein schlechtes Karma hat.«

»Wie denn das?«, fragt Elsa.

Papa hat inzwischen das Foto auf seinem Handy aufgerufen und reicht es am Tisch herum. »Damals waren wir auch hier auf Sylt im Urlaub«, erklärt er.

»Ach, wie lustig«, meint Lina, während sie schmunzelnd das Bild betrachtet. »Das seid ja wirklich ihr. Gut, die Aufnahme ist verschwommen, aber wenn man es weiß … Ja, das könnte gut sein.«

Kurz sehen Piet und ich uns an. Mann, ist das peinlich – für uns beide irgendwie.

»Das ist lange her«, antwortet Piet, der nun von dem Ganzen wohl auch etwas berührt ist, und steht auf. »Ich bringe mal den Topf rein. Der Rest des Eintopfs sollte in den Kühlschrank, nicht dass er bei dem warmen Wetter noch schlecht wird.«

Um wenigstens für ein paar Augenblicke den Fragen und Kommentaren der anderen zu entkommen, beschließe ich, Piet zu helfen. Ich stapele ein paar benutzte Teller aufeinander und will sie gerade ins Haus tragen, als aus der Küche heftiger Lärm zu hören ist.

»Scheiße!«, ruft Piet, und ich ahne bereits, was passiert ist. Gleich darauf streckt er den Kopf zur Tür heraus und lächelt verlegen. »Das dauert jetzt ein wenig. Ich habe den Topf fallen gelassen.«

Die anderen erheben sich nun ebenfalls, doch Piet gibt ihnen ein Zeichen, wieder Platz zu nehmen. »Bitte bleibt sitzen. Ihr könnt gerade wirklich nichts tun.« Dann kommt er zu mir her und raunt mir zu: »Du kannst auch zurück zum Tisch gehen, du hast schon genug Chaos angerichtet.«

»Ich? Bist du jetzt sauer auf mich?«

Sein Blick ist intensiv und unergründlich. »Es sei denn, du hast vor, mich noch mal zu küssen.«

Mein Herz schlägt schneller, und ich sehe ihn herausfordernd an. »Vielleicht behalte ich mein Glück lieber noch ein bisschen.«

»Na gut. Aber denk dran, ich bin bereit, es mir jederzeit zurückzuholen. Also nimm dich in Acht.«

Seine Worte lassen mich schmunzeln, jedoch auch leicht nervös werden. »Du bist echt unmöglich.«

Er kommt noch ein kleines bisschen näher, seine Augen funkeln amüsiert. »Und du bist eine kleine Chaosqueen, die mein Leben ganz schön durcheinanderbringt.«

Ich recke das Kinn, um meine Nervosität möglichst zu überspielen. »Vielleicht gefällt dir das ja.«

»Vielleicht. Aber ich warne dich – wenn du nicht aufpasst, hole ich mir mein Glück zurück.«

Ist das sein Ernst?

Nach dem Essen löst sich die Runde allmählich auf. Es beginnt bereits zu dämmern. Elsa und Lina haben sich in die Küche verzogen, um schon mal einen Teil der morgigen Speisen für das Hofcafé vorzubereiten. Papa hat sich verabschiedet und auf den Weg zurück in die Pension gemacht, und ich könnte wetten, dass Inga ihn dabei begleitet. Und Piet wollte noch einmal in den Stall und nach den Tieren sehen.

Immer wieder hallen seine Worte durch meinen Kopf. Er ist bereit, sich das Glück zurückzuholen. Pah, das werden wir ja sehen. Verrückt ist das alles, aber irgendwie auch aufregend.

Ich beschließe, mich noch eine Weile auf die Bank vor dem Haus zu setzen, bevor ich mich in mein Apartment zurückziehe. Die Luft ist noch mild, und ich brauche ein bisschen Ruhe, um das, was am heutigen Tag passiert ist, gedanklich zu verarbeiten.

Auf einmal zucke ich zusammen, denn Piet steht vor mir. »Hey, hast du einen Moment?«, fragt er.

Ich mustere ihn mit hochgezogenen Augenbrauen. »Ähm … nein.«

»Dann hast du also gerade keine Zeit?«

»Kommt darauf an. Was willst du?«

»Okay, das vorhin …« Er fährt sich mit der Hand durch die Haare. »Das war nicht nett von mir. Und auch nicht so gemeint. Natürlich musst du dir keine Gedanken machen. Aber mal ehrlich, ich glaube, wegen dir ist doch …«

»Was? Wegen mir hast du Pech? Vielleicht ist es ja nicht wegen mir, sondern wegen dir?«

Er hebt eine Braue. »Was? Warum das?«

»Na, du bist doch der Bösewicht in der ganzen Sache, zumindest soweit ich das mitbekommen habe. Der Herzensbrecher. Also habe ich dir nur das zurückgegeben, was ohnehin bei dir sein sollte.« Ich lächele kühl.

»Das hast du dir ja schön ausgedacht.« Aufgebracht geht er ein paar Schritte auf und ab, ehe er wieder vor mir stehen bleibt. »Du … du musst mich küssen, hörst du? Damit es rückgängig gemacht wird und alles wieder normal ist.«

Ich tippe mir mit dem Zeigefinger gegen die Schläfe. »Ich muss gar nichts. Entschuldige mal, aber denkst du im Ernst, dass ich dich noch mal küsse? Warum?«

»Schau, ich muss arbeiten. Morgen muss ich zum Markt fahren, außerdem habe ich einen sehr wichtigen Termin bei einem potenziellen Großkunden. Der Hof muss laufen.«

Was ist das denn für eine Begründung?

»Und das tut er nicht, wenn ich dich nicht küsse?«

»Wie du siehst, passieren mir dann allerhand Missgeschicke.« Er seufzt. »Ja, vielleicht ist das alles albern. Aber es betrifft nicht nur mich allein, sondern meine ganze Familie. Wir können uns das nicht leisten. Komm schon.«

Ich hebe mahnend den Zeigefinger. »Jetzt übertreib mal nicht. Nur weil du gegen eine Tür läufst und einen Topf fallen lässt …«

»Wenn alles halb so wild ist«, sagt er nun und geht vor mir in die Hocke, damit er mir direkt in die Augen sehen kann, »dann kannst du mich doch küssen.«

»Nein«, antworte ich entschieden.

»Gut, dann eben nicht.« Er atmet tief ein und aus. »Weißt du, ich frage mich gerade ernsthaft, ob wir vielleicht bescheuert sind. Ich meine, wir sind erwachsene Menschen und benehmen uns so albern wie Kleinkinder.«

Ohne ein weiteres Wort erhebt er sich und geht davon.

»Okay, er wollte also, dass du ihn küsst, damit das Glück zu ihm zurückkommt?«, fragt Bine, als ich sie wenig später von meinem Apartment aus anrufe.

»Ja, doch ich bin standhaft geblieben.«

Sie kichert. »Das Ganze ist ja schon irgendwie albern. Ihr bildet euch da sicher was ein.«

»Aber wie erklärt es sich dann, dass mein Tag bis zu seinem Kuss echt entspannt war? Also bleibe ich lieber dabei, ich denke, das habe ich mir auch verdient.« Gut, vielleicht klinge ich ein wenig trotzig, aber sei's drum.

»Sicher hast du das. Und was ist morgen so wichtig für ihn?«

»Ach, frag mich nicht, es hat irgendwas mit dem Markt zu tun und mit einem angeblich superwichtigen Gespräch mit einem möglichen Kunden. Er wird es schon überleben.« Ich strecke meine Beine auf dem Sofa aus. Es wird Zeit fürs Bett, denn ich bin müde. Wirklich müde.

»Na schön, dann schlaf gut. Wir hören uns morgen.«

»Das machen wir«, antworte ich nur noch, bevor wir das Gespräch beenden.

Ich ziehe mich noch schnell um und mache mich im Bad fertig, dann lege ich mich schon ins Bett. Mein Kopf ist voll von den Ereignissen des Tages, und ein Teil von mir fragt sich, ob ich die Sache mit Piet nicht doch hätte anders lösen sollen.

Doch jetzt ist es auch schon egal. Ja, wir sind erwachsene Menschen und benehmen uns gerade sehr albern.

Ich schließe die Augen und versuche, mich zu entspannen. Der Duft der frischen Bettwäsche und die Geräusche des Hofes, die durch das geöffnete Fenster ins Zimmer dringen, beruhigen mich allmählich. Morgen ist ein neuer Tag, und vielleicht bringt er ja neue Erkenntnisse und weniger Chaos.

Mit diesem Gedanken schlafe ich schließlich ein und träume von Schafen, die über die Weide springen, und von einem Mann, der immer wieder über seine eigenen Füße stolpert.

Man sollte sich immer
Zeit nehmen, um sich
zu unterhalten und die
Wellen zu beobachten.

Augen auf bei der Kusswahl

Was soll ich sagen? Ich liebe diesen Tag. Nachdem ich am Morgen aufgewacht bin, habe ich mich in aller Ruhe im Bad fertig gemacht und bin dann erst mal gemütlich frühstücken gegangen. Da Papa meinte, dass er wieder in der Pension werkeln wird, habe ich beschlossen, den Tag auch ohne ihn einfach zu genießen.

Es geht bereits auf Mittag zu, als ich den Strand entlangschlendere. Ich finde sogar eine ausgesprochen hübsche Muschel und einen Glückscent. Wenn das kein Zeichen ist. Zudem gibt mir einer der Verkäufer einfach so ein Eis aus. Ich muss zugeben, dass ich kurz auch an Piet denke, und ich frage mich, was heute wohl so wichtig für ihn ist.

Mittlerweile habe ich die Promenade erreicht. Ich komme an einem Blumenladen vorbei und atme den Duft der Blüten ein, der meine Sinne belebt. Vor einem Buchladen bleibe ich an einem Ständer mit verschiedenen Zeitungen stehen und betrachte die aktuelle Ausgabe des Sylter Inselblatts. Dabei erinnere ich mich an den Artikel, der im Hofladen hängt. Eine Schlagzeile sticht mir ins Auge: *Bald findet das Sylter Wattfest statt, und alle bereiten sich schon darauf vor.*

Ein Fest also, das klingt ja spannend. Ich nehme die Zeitung aus dem Ständer und betrete damit den Laden, über dessen Tür ein Schild mit dem Namen *Sylter Seiten* prangt. Ich bezahle die Zeitung und sehe mich anschließend noch ein wenig im Inneren um. Der Laden ist hübsch eingerichtet, es duftet nach Kaffee, und es gibt sogar eine Ecke mit alten Fundstücken. So etwas habe ich in einem Buchladen noch nicht gesehen.

»Suchen Sie etwas Bestimmtes?«, fragt mich die Frau hinter dem Tresen, bei der ich gerade die Zeitung bezahlt habe.

»Ähm, nein … eigentlich nicht. Vielleicht etwas zu lesen für den Strand. Aber ich habe noch keine konkrete Vorstellung.«

»Da kann ich Ihnen den Lesetisch mit den Inselbüchern empfehlen. Sie finden dort Liebesromane, Geschichten über die Insel und natürlich auch Inselkrimis.«

»Danke, dann sehe ich dort mal nach.« Ich nicke ihr zu und beginne sogleich zu stöbern.

Eines der Bücher fällt mir gleich ins Auge, darin geht es um Liebe und ein Café auf Sylt. Ein anderes Buch ist eine Sammlung von Geschichten, die vom Glück handeln. Neugierig lese ich den Klappentext. Hm, vielleicht ist das ja etwas für mich.

Ich beschließe, das Buch zu kaufen. Zielstrebig gehe ich damit zum Tresen, und die Verkäuferin deutet lächelnd darauf. »Sie sind also fündig geworden?«

»Ja, ich versuche es mal mit diesem Buch hier. Es hört sich interessant an.«

»Es ist eine gute Wahl, viel Spaß damit. Die Geschichten vom Glück habe ich auch schon gelesen, sie sind wirklich süß. Und im Endeffekt ist es ganz einfach. Man lässt sich viel zu oft durch sich selbst einschüchtern. Ich weiß, das klingt merkwürdig, aber dadurch verpasst man einiges. Denn eigentlich haben wir alle Glück.«

»Ja, vielleicht ist das so«, antworte ich nachdenklich. Ich reiche ihr das Geld und stecke dann das Buch mitsamt der Zeitung, die ich vorhin gekauft habe, in meine Tasche. »Das ist ein sehr schöner Laden.«

»Wir haben ihn jetzt seit einem Jahr«, erzählt die Frau. »Zuvor herrschte hier das absolute Chaos, doch es war immer unser Traum, dieses Geschäft zu übernehmen. Und irgendwann haben mein Mann und ich die Ängste beiseitegeschoben und es einfach versucht.«

»Das ist schön. Es ist so wichtig, Träume zu haben.«

»Ja, das stimmt wohl.«

Kurz denke ich darüber nach, was ich eigentlich für Träume habe. Gute Frage. Glücklich zu sein. Die Liebe zu finden. Etwas zu erleben und das Leben mit jemandem zu teilen, den man liebt – klar. Leicht war es bisher ja nicht. Aber ich bin bereit, mein Glück jetzt festzuhalten.

Nachdem ich den Buchladen verlassen habe, mache ich mich auf den Weg zurück zum Strand. Der Wind frischt etwas auf, und ich liebe es, mein Gesicht in die Brise zu halten und zu spüren, wie die salzige Luft meiner Haut wohltut. Ich setze mich in einen der Strandkörbe und nehme sogleich das Buch mit den Glücksgeschichten in die Hand. Eine ganze Weile lese ich darin, doch dann werde ich müde, und mir fallen die Augen zu.

Als ich wieder aufwache, zucke ich zusammen und blicke auf mein Handy. Ich habe wirklich fast anderthalb Stunden vor mich hin geträumt. Eilig setze ich mich auf und blicke über das Meer und den Strand. Die Leute plantschen im Wasser und haben Spaß. Und so beschließe ich, mich ebenfalls ein wenig zu erfrischen. Ich gehe langsam immer weiter ins Meer hinein und genieße es so sehr, wie es erst meine Füße und dann meinen gesamten Unterkörper umspült. Irgendwann ist das Wasser so tief, dass ich darin schwimmen kann. Ich lasse mich von den leichten Wellen treiben und bin in diesem Augenblick einfach nur glücklich. Und das ist ein unfassbar schönes Gefühl.

Als ich später meine Sachen zusammenpacke, beschließe ich, Papa einen Besuch in seiner Pension abzustatten. Zu meiner Verwunderung steht bei meiner Ankunft nicht nur Papa, sondern auch Piet vor dem Haus, und die beiden sind in ein Gespräch vertieft.

»Hey«, rufe ich, worauf Papa sich zu mir umdreht.

»Na, wen haben wir denn da? Hattest du einen schönen Tag?«

Piet hingegen mustert mich nur kurz und sieht dann weg. Ist er echt beleidigt mit mir?

»Ehrlich gesagt hatte ich einen sehr schönen Tag. Hätte nicht besser sein können«, antworte ich und spüre immer noch einen Rest des Glücksgefühls vom Strand in mir.

»Das freut mich. Bei Piet lief es heute wohl nicht so gut«, erzählt Papa nun. »Eigentlich wollte er zum Markt fahren, doch der Lieferwagen ist nicht angesprungen. Und er hatte wohl auch einen wichtigen Termin.«

Piet nickt mit säuerlicher Miene. »Ja, das stimmt. Das Ganze ist äußerst blöd gelaufen.«

»Oh. Aber ihr habt den Wagen wieder zum Laufen bekommen?«

»Nein, das haben wir nicht. Wir mussten ihn in die Werkstatt bringen. Das ist natürlich ärgerlich – ausgerechnet heute. Und so habe ich dann eben hier geholfen, ich konnte ja sonst nichts anderes tun.«

»Und stell dir vor, als Belohnung für seine Hilfe hat er sich vorhin auch noch mit dem Hammer auf den Daumennagel geschlagen«, erklärt Papa und deutet auf den Daumen von Piets linker Hand, der mit einem Verband umwickelt ist.

»Das konnte heute ja gar nicht anders laufen«, brummt Piet und sieht mich dabei merkwürdig an. Ich kann mir schon vorstellen, was er gerade denkt und wem er insgeheim die Schuld für dieses Schlamassel gibt. Und ich gebe es zu, irgendwie tut er mir schon leid.

»Jetzt habt ihr aber doch sicher Feierabend, oder?«

»Ja klar«, antwortet Papa. »Heute haben wir zusammen viel geschafft. Morgen mache ich mich noch ans Streichen, und dann ist wieder alles in Ordnung.«

»Verstehe ich das richtig? Du streichst das Haus?«, frage ich überrascht.

»Nur ein bisschen.«

Ich lache. »Wie kann man ein bisschen streichen? Ich meine, das ist ja wirklich lieb von dir, Papa, aber …«

»Mach dir keinen Kopf. Renate hätte das niemals allein geschafft. Und es steht ja noch das Fest an, da soll auch ihre Pension glänzen.«

»Das Wattfest?«, vergewissere ich mich.

»Ja. Woher weißt du davon?«

»Ich habe darüber im Inselblatt gelesen. Das muss ja etwas Großes werden.«

»So ist es, und da soll natürlich nichts schiefgehen. Jeder möchte sich an diesem Tag von seiner besten Seite zeigen«, erklärt Piet.

»Das wird schon alles«, beruhigt Papa ihn. »Nur weil mal ein paar Dinge nicht so laufen, wie man es gern hätte, sollte man nicht gleich den Kopf in den Sand stecken.«

In diesem Moment tritt Renate aus der Haustür, und zu meiner Verwunderung ist sie nicht allein. Inga ist bei ihr.

»Na, habt ihr Durst? Ich habe Limonade gemacht«, fragt Renate.

Inga schenkt Papa ihr schönstes Lächeln, und er lächelt zurück. Als die beiden bemerken, dass ich sie beobachte, senken sie schnell die Köpfe und blicken in unterschiedliche Richtungen.

»Limonade? Dazu sage ich nicht Nein«, beantworte ich Renates Frage, um die beiden aus ihrer Verlegenheit zu erlösen.

Auch Papa und Piet nehmen gern Renates Angebot an, und so geht Renate noch einmal zurück ins Haus. Wenige Augenblicke später kommt sie mit einem Tablett zurück, auf dem ein Krug und mehrere Gläser stehen. Sie stellt das Tablett auf den Gartentisch, und Inga schenkt uns dreien jeweils ein Glas ein.

»Hattest du einen schönen Tag?«, will sie wissen, als sie mir mein Glas reicht.

»Ja, danke, es war wirklich sehr entspannend.«

»So soll es sein.«

»Was ist das eigentlich genau, dieses Wattfest?«, frage ich und greife das Thema von vorhin noch einmal auf.

»Das ist eine große Sache. Es findet praktisch in allen Orten auf der Insel statt. Eine Art Festival, auf dem es unter anderem regionales Essen und Bier von der Insel gibt. Zum ersten Mal wird auch ein Backwettbewerb veranstaltet. Wir konnten Elsa überreden, daran teilzunehmen. Natürlich ist sie schon sehr aufgeregt. Ich finde, sie hat wirklich gute Chancen, zu gewinnen, aber es wird nicht so einfach werden.

Deswegen sage ich immer zu ihr, dass es allein schon toll ist, dabei zu sein.«

Piet nickt. »Stimmt, ich freue mich total, dass sie endlich den Mut hat, ihre Backkünste einem größeren Publikum zu präsentieren, auch wenn die Konkurrenz groß ist. Denk nur mal an die Leute vom *Café mit Sylt und Zucker*. Die sind ja bekannt für die Spezialitäten, die sie herstellen, vor allem für die Rosenprodukte.«

»Klar, du hast recht«, pflichtet seine Mutter ihm bei. »Doch ich denke, Elsa sollte es einfach mal versuchen. Sie hat doch nichts zu verlieren. Und sie gewinnt dabei auf jeden Fall an Erfahrung.«

»Also, ich mache mich mal langsam auf den Weg nach Hause«, sagt Piet, der sein Glas inzwischen geleert hat. »Kommst du auch, Mama?«

»Ehrlich gesagt haben wir überlegt, noch eine Runde Karten im alten Bootshaus zu spielen.«

»Du auch?«, frage ich Papa.

»Nun ja, ich würde schon auch gern mitgehen. Das alte Bootshaus ist hier ganz in der Nähe, und es soll dort sehr idyllisch sein.«

Aha, ich kann mir schon vorstellen, was oder vielmehr wer der Grund ist, warum er diesen idyllischen Ort besuchen will. »Okay, dann gehe ich auch mal zum Hof. Ich möchte duschen und mich umziehen«, sage ich und umarme Papa. »Hab viel Spaß.«

»Du auch.«

Piet ist bereits losmarschiert, obwohl er sicher mitbekommen hat, dass ich dasselbe Ziel habe wie er. Ganz offensichtlich hat er keine Lust auf meine Gesellschaft, aber da werde ich ihm einen Strich durch die Rechnung machen. Ich beschleunige meine Schritte und habe ihn nach kurzer Zeit eingeholt. Schweigend gehen wir nebeneinanderher.

»Das mit dem Lieferwagen ist dumm gelaufen«, sage ich irgendwann zu ihm, weil ich das Schweigen zwischen uns dumm finde. Und kindisch. Und weil es mir doch leidtut, dass sein Tag so mies gelaufen ist.

Nun bleibt er stehen und sieht mich an. »Ich finde *dumm gelaufen* etwas untertrieben.«

»Aber …«

»Kein Aber. Die Ware ist uns beinahe verdorben, mal ganz zu schweigen von dem Umsatz, der uns heute durch die Lappen gegangen ist. Und den möglichen neuen Kunden kann ich wahrscheinlich vergessen.«

»Daran bin aber vermutlich nicht ich schuld«, entgegne ich.

»Das werden wir nie erfahren.« Er wirft den Kopf in den Nacken und fährt sich mit beiden Händen durch die Haare. »Also pass auf. So kann das nicht weitergehen.«

»Was meinst du?«

»Wir spielen das jetzt aus. Und zwar ganz fair.« Er deutet auf die Strandbar in einiger Entfernung.

»Was willst du denn da?«

»Wir reden, und danach entscheiden wir. Okay?«

Ich weiß, auf was er hinauswill. Oh Mann, das ist ja wirklich verzwickt. Aber gut, fair ist es auf alle

Fälle. Außerdem sollten wir das Thema mal wie Erwachsene besprechen. Es kann ja nicht sein, dass wir uns deswegen in den Haaren liegen.

»Na gut«, stimme ich schließlich zu, und wir machen uns auf den Weg zur Bar.

Im Außenbereich der Strandbar ist einiges los, praktisch alle Tische sind besetzt. Ich sehe an mir hinunter. Oh Mann, wie sehe ich nur aus mit meinen Shorts, dem Top und den ausgetretenen Sandalen, dazu noch meine Strandtasche …

Piet scheint mein Zögern zu bemerken. »Mach dir keine Gedanken, Anni, das ist nur eine Strandbar. Oder hast du vor, heute Abend noch jemanden aufzureißen?«

»Sehr witzig. Und falls ich das doch im Sinn haben sollte, geht es dich nichts an.«

»Das stimmt.« Er grinst. »Der arme Kerl ist nicht zu beneiden. Wenn es ihm bei deinen Küssen so geht wie mir …«

»Du bist wirklich sehr lustig.«

»Also, holen wir uns was am Tresen? Was möchtest du trinken?« Er deutet zur Theke, und ich erkenne augenblicklich die Kellnerin, die dort steht.

»Das ist ja Lina, oder?«, frage ich Piet.

»Stimmt. Sie arbeitet ab und zu hier, wenn Not am Mann ist.«

»Obwohl auf dem Hof so viel zu tun ist?«

»Ja. Früher hat sie es gemacht, weil das Geld knapp war«, erzählt er. »Aber es macht ihr auch

Spaß, und da Hendrik ohnehin gerade unterwegs ist, hat sie ein bisschen freie Zeit.«

Als Lina uns entdeckt, winkt sie uns zu. »Na, ihr zwei, alles gut bei euch?«, fragt sie uns, als wir näher kommen. Sie mustert erst Piet, dann mich. »Eurem Gesichtsausdruck nach zu schließen, wohl eher nicht so?«

»Wir werden jetzt um das Glück spielen«, verkündet Piet.

Linas Augen werden groß. »Dann war das also kein Scherz, was du zu mir gesagt hast? Das mit dem Fluch und dem Kuss?«

»Was hat er denn genau gesagt?« Das möchte ich jetzt schon auch wissen.

»Dass Piet das Glück verloren hat, seit ihr euch geküsst habt.«

Ich winke ab. »Ich weiß, er glaubt das, aber ich sage dir, es ist Unsinn.«

»Okay, und warum küsst du ihn dann nicht zurück?«

Ich zögere kurz. »Weil … ich mir nicht ganz sicher bin«, gestehe ich.

»Da sage ich nur: Augen auf bei der Kusswahl.« Sie grinst breit. »Aber was auch immer das mit euch wird, ich würde sagen, ihr braucht jetzt einen Sylter Spritz.«

»Was ist das?«

»Eine Mischung aus Sanddornlikör, Orangensaft und Sekt, sehr lecker.«

Ich strecke den Daumen nach oben. »Oh ja, das probiere ich, kann ja nicht schaden.«

Lina beginnt, die beiden Getränke für uns zu mischen, und stellt sie dann vor uns ab.

»Was bekommst du?«, fragt Piet, doch Lina winkt ab.

»Geht aufs Haus. Hauptsache, ihr klärt das mit eurem Kussdesaster jetzt irgendwie. Die Frage ist nur, wie ihr es machen wollt.«

»Wir könnten *Schnick, Schnack, Schnuck* spielen«, schlägt Piet vor, doch ich widerspreche ihm.

»Erst reden wir darüber.«

»Also gut, ihr macht das schon. Ich muss mal dort rüber«, sagt Lina und geht zu einem Tisch in der Nähe, an dem soeben eine Gruppe von Mädels Platz genommen hat. Sie scheinen gut gelaunt zu diskutieren, was sie bestellen möchten, denn immer wieder klingt helles Lachen zu uns herüber.

Piet und ich stellen uns etwas abseits an den Rand der Terrasse, und er hebt sein Glas. »Also dann, auf den Abend und dass wir eine Lösung finden.«

Schon klirren unsere Gläser aneinander. Ich muss sagen, der Cocktail schmeckt wirklich sehr süffig – fruchtig, aber nicht zu süß.

»Lecker, oder?«, fragt Piet.

»Ja, auf jeden Fall.«

»Aber um jetzt mal auf den Grund unseres Besuchs hier zu kommen: Ich bin mir sicher, dass ich diesen Fluch – oder was auch immer das ist – von dir bekommen habe. Durch unseren Kuss. Denn mal ehrlich, wie ließe es sich sonst erklären, dass ich jetzt …« Er hält inne, denn ein Mann klopft ihm auf die Schulter.

»Hey Piet, das ist ja cool, dich zu sehen. Ich habe schon gehört, was dir heute passiert ist. Heiner und Svantje haben es uns erzählt. So ein Mist, wirklich.«

»Ja, das war echt Mist. Ich bin froh, dass wir wenigstens einen Teil der Ware kühlen konnten und damit nicht alles verdorben ist.«

Der Mann sieht nun mich an und lächelt. »Was für eine hübsche Begleitung hast du denn heute dabei, Piet?«

»Ach sorry. Das ist Anni, sie macht Urlaub bei uns auf dem Hof.«

Er streckt mir seine Hand entgegen. »Freut mich, Anni. Ich bin Matti. Kommt doch mit zu uns rüber. Katha ist auch da und Fine und Jan ebenfalls.«

»Was ist mit Mia und Bene?«, will Piet wissen. »Ist nicht die ganze Gruppe hier?«

»Nein, leider nicht. Irgendjemand muss ja morgen früh das Café öffnen. Also, kommt ihr? Nur kurz Hallo sagen. Ich merke schon, ihr seid flirty unterwegs.«

Sofort spüre ich, wie ich rot werde. »Was? Nein.«

Doch Matti lacht nur und geht bereits voraus zu einem etwas größeren Stehtisch. Piet und ich folgen ihm mit unseren Getränken.

»Schaut mal, wen ich aufgegabelt habe«, ruft Matti der Gruppe am Tisch zu, die Piet jetzt fröhlich begrüßt. »Und das ist Anni, sie macht hier Urlaub.« Auch mir nicken die anderen freundlich zu.

»Freut mich«, sage ich in die Runde und hebe die Hand.

Matti beginnt nun, mir seine Freunde vorzustellen. »Das ist Katha, meine Freundin. Und das Fine, die Freundin von Jan.« Dann stellt er mir noch die anderen vor, die, wie ich erfahre, zum Teil mit ihm zusammenarbeiten und zum Teil Gäste sind, die genau wie ich ebenfalls hier Urlaub machen.

Ich stelle mich an den Tisch zu Katha und Fine, die mich sogleich in ein Gespräch verwickeln. »Und du wolltest auch mal raus aus dem Alltag, ab auf die Insel?«, will Fine wissen.

»Ja, so kann man es sagen.«

»Wie schön. Komm doch mal zu uns nach Hörnum. Wir haben dort nicht nur ein süßes Café, sondern auch ein Erlebniszentrum mit allem rund um das Thema Meer. Der Laden auf dem Syltseehof ist auch wunderschön, wir arbeiten nicht umsonst zusammen. Aber du musst mal unser Rosengebäck probieren.«

»Das mache ich gern«, sage ich. »Wenn es nur halb so gut ist wie Elsas Gebäck ...«

»Kannst du dich noch daran erinnern, wie wir beim Abendessen von Elsas Konkurrenz bei dem Backwettbewerb gesprochen haben?«, will Piet von mir wissen. »Die Leute vom Café sind ihre größten Konkurrenten.«

Katha reckt den Daumen nach oben. »Elsa ist auch eine tolle Bäckerin. Sie hat immer geniale Ideen für neue Kreationen. Das wird spannend werden beim Wettbewerb.«

»Dann lasst uns mal auf den Wettbewerb trinken«, schlägt Matti vor. »Möge der Beste gewinnen.«

Ich muss zugeben, die Runde ist lustig, und wir haben wirklich Spaß. Piet unterhält sich mit Matti, und ich plaudere mit den Mädels. Ich erfahre einiges darüber, wie sie auf die Insel gekommen sind. Besonders spannend finde ich Fines und Kathas Geschichten. Katha hat einfach ihre Sachen gepackt, nachdem sie das Gefühl hatte, dass ihr bisheriges Leben nicht mehr richtig läuft.

»Und was war es bei dir? Auch ein tieferer Grund oder einfach nur Urlaub?«, will sie wissen.

»Ach, ich wollte einfach mal raus aus dem immer gleichen Trott. Weg von schlechten Dates, hin zum Meer.«

»Oh ja, da sagst du was. Es tut wirklich gut, einfach mal dem Alltag zu entfliehen«, pflichtet Fine mir bei. »Und du und Piet, wie kommt es dazu? Oder habt ihr nur ein Date, und er zeigt dir das Nachtleben?«

Als hätte er gespürt, dass wir über ihn reden, dreht Piet den Kopf in unsere Richtung. »Fragt ihr Anni etwa über mich aus?«

»Sie wollen wissen, ob wir ein Date haben«, erzähle ich ihm.

Doch Piet geht nicht darauf ein. »Soso. Sorry, ich muss mal eben …«, sagt er kurz angebunden und verlässt dann den Tisch.

»Also habt ihr ein Date?«, hakt Katha nach, nachdem er verschwunden ist.

Was soll ich darauf jetzt antworten? »Nein, wir haben nur etwas zu klären.«

»Etwas zu klären? Was hat Piet denn angestellt?«

Ich sehe mich in der Menge um und entdecke ihn am Eingang zur Bar. Wollte er nicht auf die Toilette? Stattdessen spricht er mit einer jungen Frau und scheint sich gut zu unterhalten.

»Jaja, Piet ist schon ein Frauenmagnet«, drängt sich Kathas Stimme in meine Gedanken, und ich wende meinen Blick schnell von den beiden ab.

Ein wenig fühle ich mich ertappt, weil ich Piet so angestarrt habe. »Ja? Ist er das?«

»Irgendwie schon. Ich denke, das liegt nicht nur an seinem guten Aussehen, sondern auch an dieser lockeren Art, die er hat.«

»Das stimmt.« Erneut blicke ich gedankenverloren in seine Richtung.

Fine kichert. »Das arme Mädchen will bestimmt seine Nummer.«

»Und das ist der Grund, weshalb sie arm ist?«, frage ich erstaunt.

»Na ja, wie gesagt, Piet ist ein lockerer Typ, und genau das ist die Krux. Er ist keiner, der sich auf etwas festlegt.«

»Ich verstehe«, antworte ich und räuspere mich. »Aber wie auch immer, es ist mir egal. Und um das gleich mal klarzustellen, zwischen ihm und mir ist nichts.«

»Ist ja gut.« Fine nickt. »Ich habe das auch nur so dahergesagt.«

Ein weiteres Mal blicke ich zu Piet, der etwas hilflos wirkt. Als er ausgerechnet jetzt in meine Richtung sieht, winke ich ihm zu, und er winkt zurück. Dann sagt er etwas zu der jungen Frau, die daraufhin sichtlich ärgerlich reagiert und ihm ihren Drink ins Gesicht schüttet.

»Wow, was war das denn?«, raunt Fine uns zu.

»Keine Ahnung.«

In diesem Moment kommt Piet bereits zu uns an den Tisch zurück. »Da hast du aber jemanden verärgert«, sage ich. »Was war denn?«

»Ach, ich habe ihr gesagt, dass du meine Freundin bist, was ich eigentlich nicht so sagen wollte, und dann …« Er zupft an seinem nassen T-Shirt herum. »Hat jemand von euch zufällig ein Handtuch dabei?«

Ich lache. »Ein Handtuch? Bei einem Barbesuch? Aber warte, ich muss ohnehin auf die Toilette und bringe dir eines mit. Bin gleich wieder da.«

Natürlich ist der Handtuchspender in der Damentoilette leer, und so bleibt mir nichts anderes übrig, als am Tresen um Einmalhandtücher zu bitten. Glücklicherweise stellt der Barkeeper keine Fragen, sondern reicht mir freundlich einen ganzen Packen, nachdem ich ihm erklärt habe, dass mein Kumpel aus Versehen sein Glas umgeworfen hat und jetzt patschnass ist.

Als ich wieder nach draußen gehen möchte, steht auf einmal ein Typ vor mir, der mir vorhin schon aufgefallen ist. »Hey, ich bin Toby, und du?«, fragt er ohne Umschweife.

Ich antworte mit einer Gegenfrage. »Hast du mir etwa aufgelauert?«

Er lacht. »Na ja, ich dachte eben, ich nutze die Chance.« Okay, das war direkt. »Du bist mit Freunden hier und mit Piet?«

»Ähm, ja.«

»Cool.«

Ich mustere ihn. Er hat dunkle Haare und ziemlich grüne Augen.

»Also, was sagst du? Lust auf einen Drink?«

»Das ist nett gemeint, aber nein, danke«, antworte ich, und er wirkt nun tatsächlich geknickt.

»Schade, aber falls du es dir noch anders überlegst, melde dich gern bei mir.« Er zieht eine Visitenkarte aus der Tasche seines Poloshirts und reicht sie mir.

Wer verteilt denn heutzutage noch Visitenkarten? Aber gut. Kurz mustere ich die Karte. Der Name Tobias Barger steht darauf, und ich stecke sie ein.

»Also dann …« Ich schiebe mich an ihm vorbei und gehe zurück zu den anderen.

Erleichtert nimmt Piet die Handtücher in Empfang und wischt sich damit sogleich über die Brust, den Hals und das Gesicht. »Danke«, sagt er mit einem Lächeln. »Das war wirklich lieb von dir.«

»Ihr werdet es nicht glauben, ich wurde drinnen in der Bar gerade angegraben«, erzähle ich nun.

Fine ist die Neugier deutlich anzusehen. »Oha, und von wem?«

Ich deute mit dem Kopf in die Richtung des Kerls, der mir jetzt auch noch zuwinkt.

»Wow. Der Inselschönling, war ja klar«, meint Katha.

»Echt?« Mein Blick wandert zu Piet, der sich unaufhörlich die Augen reibt. »Ist alles in Ordnung mit dir?«

»Nicht so recht. Oh Mann, ich muss von diesem klebrigen Zeug auch was in die Augen bekommen haben.«

Irgendwie tut er mir jetzt schon wieder leid.

»Oje, dann lass uns lieber zum Hof zurückgehen«, schlage ich vor. »Vielleicht ist es das Beste, du duschst dich und ziehst dich um.«

Kurze Zeit später verabschieden wir uns von den anderen und machen uns auf den Weg zurück.

»Das war echt noch ein netter Abend«, sage ich, als der Hof in Sichtweite kommt.

»Ja, für dich auf alle Fälle.«

»Für dich doch auch. Gut, es ist nicht so gekommen, wie wir es geplant hatten, aber ich fand die Leute wirklich nett. Und ich gebe es zu, es war auch mal schön, angebaggert zu werden«, gestehe ich.

Piet lacht kurz auf. »Als ob dich nie jemand anbaggert.«

»Nicht wirklich, nein.«

»Das glaube ich dir nicht so recht. Du bist doch eine hübsche Frau.«

Ich ziehe die Stirn kraus. »Flirtest du gerade mit mir?«

»Nein, ich sage nur, wie es ist.«

Schweigend gehen wir weiter, bis wir schließlich vor der Haustür stehen bleiben.

»Du findest mich also attraktiv?«, frage ich vorsichtig und suche seinen Blick. Dabei fällt mir auf, dass sein rechtes Auge ziemlich gerötet ist.

»Ja, das finde ich.«

»Du bist auch ganz ansehnlich, wenn du nicht gerade einen Drink ins Auge bekommen hast.«

Er grinst. »Du bist echt schlimm, wirklich. Die reinste Katastrophe. Was habe ich mir da nur angetan?«

»Das war jetzt aber mal ein Kompliment.«

»Ja, tatsächlich.« Er streicht sich die Haare aus dem Gesicht, und mir kommt es vor, als wäre er ein wenig verlegen.

»Okay, pass auf. Ich kann dich nicht so leiden sehen. Und ich will auch nicht, dass du morgen womöglich überfahren wirst oder so«, sage ich. Ohne seine Reaktion abzuwarten, beuge ich mich vor und gebe ihm einen Kuss auf die Lippen. Zaghaft und vielleicht ein bisschen zu zärtlich. Jedenfalls klopft mein Herz heftig. »Hier, damit morgen bei dir nichts schiefgeht. Denn das möchte ich nicht.«

Er gibt immer noch kein Wort von sich, und ich will mich gerade abwenden, da greift er nach meiner Hand und zieht mich wieder zu sich. Erneut küsst er meine Lippen, dieses Mal länger und intensiver.

»Bei dir soll auch nichts schiefgehen. Das möchte ich nämlich auch nicht«, entgegnet er mit einem Lächeln.

Dann drückt er meine Hand ein letztes Mal und geht einfach davon.

Wer hat jetzt den Fluch?

»Das ist ja süß. Piet mag dich echt gern, da kannst du behaupten, was du willst. Und dass er dich dann wieder küsst, damit du nicht verflucht bist – wow«, sagt Bine, als ich ihr am nächsten Tag am Telefon alles erzähle.

Tatsächlich habe ich mir in der Nacht ebenfalls Gedanken gemacht, und ich muss zugeben, dass auch ich Piets Aktion wirklich süß fand.

Am Morgen habe ich erst einmal lange geschlafen, dann ausgiebig geduscht, mir im Hofladen einen kleinen Snack mitgenommen und mich anschließend am Meer in einen Strandkorb gesetzt, um zu lesen und mit meiner besten Freundin zu telefonieren.

»Ja, schon irgendwie«, antworte ich. »Aber dieser andere Kerl war auch nicht zu verachten.«

»Der mit der Visitenkarte? Tja, wer die Wahl hat …«

»Nein, ich habe doch gar keine Wahl.«

»Spinnst du? Natürlich hast du eine Wahl. Jetzt hör auf, so zu tun, als würdest du hinter dem Mond leben«, ermahnt mich Bine. »Und, was wirst du heute noch unternehmen?«

»Ich werde mich erst mal weiter entspannen. Und dann werde ich weitersehen.«

»Und dein Papa?«

»Mit ihm habe ich auch schon telefoniert. Sie hatten gestern Abend wohl ziemlich viel Spaß, und jetzt ist er bereits wieder am Werkeln.«

Bine kichert. »Er werkelt? An der Pension oder an Inga?«

»Also wirklich. Wobei, ich traue ihm alles zu.«

»Und stell dir mal vor, die beiden kommen zusammen, dann wird Piet dein Stiefbruder …«

Als sie die Worte ausspricht, verschlucke ich mich beinahe an meiner eigenen Spucke. »Oh Gott, ja, du hast recht. Igitt!«

»Du bist bescheuert. Selbst wenn, das wäre doch total egal. Himmel.«

»Wie auch immer, ich will gar nicht über das Sexleben meines Vaters nachdenken. Und wenn ich kein Sexleben habe, soll Papa auch keines haben. Zumindest möchte ich nichts darüber wissen.«

»Nun, du könntest ja … Aber gut, jeder ist seines Glückes Schmied.«

»Du bist wirklich schlimm«, tadele ich sie. »Ich fand es schön, Piet zu küssen, allerdings Sex … Ja, er ist schon attraktiv und …«

»Moin.«

Ich schrecke auf, denn Piet steht auf einmal vor mir. »Bist du verrückt?«, rufe ich. »Was machst du hier?«

Hat er etwa gehört, was ich gerade zu Bine gesagt habe?

Er grinst. »Ich wollte nur kurz mit dir reden. Oder störe ich dich bei etwas Wichtigem?«

Ich glaube, ich bin jetzt richtig rot im Gesicht geworden. »Bine, ich muss aufhören. Piet ist gerade gekommen.«

Bine lacht. »Hat er was gehört?«

»Tschüss«, sage ich nur noch und lege dann schnell auf.

»Sorry, wenn ich störe«, meint Piet.

»Nein, nein, alles gut. Was ist los?«

»Ich wollte eigentlich nur fragen, was du heute Abend vorhast.«

Jetzt bin ich aber wirklich erstaunt, dass er mich das fragt. »Ich?«

»Ja, du.«

»Hast du da an etwas Bestimmtes gedacht?« Schon wieder grinst er. »Okay, was ist es?«, hake ich nach.

»Ich muss ins *Café mit Sylt und Zucker* und dachte mir, ob du vielleicht Lust hast, mitzukommen. Du wolltest es doch mal sehen.«

»Ehrlich? Klar, warum nicht? Gibt es einen bestimmten Grund?«

»Ja, am Abend findet dort eine Besprechung wegen des Wattfestes statt. Ich muss vor allem das mit dem Stand klären, mit dem wir unseren Hof auf dem Fest präsentieren. Ursprünglich wollte Lina hingehen, aber nun hat sich ja Hendrik angesagt, und da bin ich eingesprungen. Also, hast du Lust, mich zu begleiten? Irgendwie fühle ich mich sicherer, wenn du dabei bist.«

»Hast du Angst, wieder einen Drink abzubekommen?«

Er hebt eine Augenbraue. »Vielleicht. Also?«

»Wann müssen wir denn los?«

»Gegen achtzehn Uhr.«

»Das geht in Ordnung«, antworte ich.

»Super, ich warte vor dem Hofladen auf dich.«

Während Piet beginnt, an einem der Strandkörbe herumzuschrauben, an dem wohl etwas defekt ist, nehme ich mein Buch in die Hand, stecke mir die Kopfhörer in die Ohren und schalte meine Playlist ein. Piet beachte ich nicht weiter, und als ich mich nach einer Weile wieder nach ihm umsehe, ist er verschwunden.

Kurz vor halb fünf mache ich mich auf den Weg zurück zum Hof. Dort angekommen, ziehe ich meine Klamotten aus und hüpfe noch einmal unter die Dusche. Als ich fertig bin, betrachte ich die Kleidung, die ich dabeihabe, und entscheide mich für ein hellrosa Oberteil und einen Jeansrock. Noch ein letzter Check im Spiegel, dann verlasse ich mein Apartment.

Wie besprochen wartet Piet vor dem Hofladen. Als er mich sieht, lächelt er. Irgendwie klopft mein Herz schon wieder so schnell. Seit der Sache mit dem Kuss, den er mir geschenkt hat, macht mich das Ganze echt verrückt.

»Na dann, viel Spaß euch beiden«, ruft Elsa uns vom Laden aus zu.

»Was macht Elsa eigentlich in ihrer Freizeit?«, traue ich mich zu fragen, nachdem wir im Lieferwagen Platz genommen haben und Piet den Motor gestartet hat. Irgendwie bin ich neugierig, denn ich habe seine Schwester praktisch noch nie außerhalb des Hofladens oder der Küche gesehen.

»Mit Freunden telefonieren, sich verabreden oder neue Rezepte austüfteln.«

»Sie ist aber in keiner Beziehung, oder?«

Piet schüttelt den Kopf. »Nein, sie … sie ist allein. Nach Papas Tod lebte sie eine Zeit lang in Hamburg, um dort in einer Sterneküche zu arbeiten. Wir haben mitbekommen, dass es da wohl auch jemanden gab, den sie mochte. Aber frag mich nicht, sie hat nicht viel darüber gesprochen. Jedenfalls kam sie bald wieder hierher zurück, und die Sache ist spätestens seit diesem Zeitpunkt Geschichte. Elsa redet nie darüber, doch hin und wieder habe ich schon das Gefühl, dass sie jemanden vermisst.«

»Der Tod eures Papas hat hier vieles verändert, oder?«

»Klar, der Verlust eines Menschen ist immer ein einschneidendes Erlebnis. Von einem Tag auf den anderen musste jeder von uns viel mehr Verantwortung für den Hof übernehmen«, erzählt Piet. »Und dann sind wir auch noch auf so einen merkwürdigen Werbefritzen reingefallen, der uns das Blaue vom Himmel versprochen hat, wenn wir bei ihm ein paar Marketingmaßnahmen buchen. Das Geld war knapp, die Einnahmen fehlten. Na ja, da greift man eben nach jedem Strohhalm.«

»Und dann hattest du die Idee mit dem Filmdreh?«

»Es war eher ein Zufall, dass ich diese Anzeige bei Instagram entdeckt habe. Oder ein Glücksfall. Mein Papa sagte immer: ›Egal, wie verregnet es auch ist, einmal Liebe, immer Liebe – Syltseeliebe.‹ Das ist unser Leitspruch. Die Familie ist wichtig, der Zusammenhalt und dass man nie aufgibt.«

»Der Spruch ist echt schön«, sage ich. »Dein Papa scheint ein wirklich lieber Mann gewesen zu sein.«

»Das war er, aber dein Papa ist auch sehr nett. Ich freue mich, dass Mama sich so gut mit ihm versteht.«

Ich blicke aus dem Fenster. Links und rechts ist die Straße gesäumt von wildem Dünengras, das Meer glitzert in der Ferne. »Ich freue mich auch. Und jetzt kommt also Linas Freund Hendrik? Der Schauspieler?«

»Ja, du wirst ihn sicher mögen. Er ist echt in Ordnung.«

»Es muss ja schon aufregend sein, mit einem Schauspieler zusammen zu sein«, mutmaße ich.

»Da sagst du was. Es wird auch wieder einiges auf dem Hof los sein. Die Presse erfährt natürlich immer, wenn er hierherkommt.«

Wir passieren das Ortsschild von Hörnum, und etwas später biegt Piet in eine Seitenstraße ein, wo er den Lieferwagen abstellt. »So, wir sind da«, meint er. »Das Café ist dort vorne.«

»Und was wird jetzt hier genau besprochen?«

»Im Prinzip werden die letzten Abstimmungen für das Fest vorgenommen. Mia hat sich zum Beispiel um die Flyer gekümmert, davon werde ich welche mitnehmen, damit wir sie im Hofladen auslegen können.«

Ein bisschen aufgeregt bin ich ja schon, als wir aus dem Wagen aussteigen und gemeinsam zu einem Holzsteg gehen, der uns direkt zum Meer bringt. Wir nähern uns einem Haus mit hellem Holz, einem Reetdach und hübschem Blumenschmuck neben der Eingangstür und vor den Fenstern. An den Tischen im Außenbereich sitzen schon einige Leute, unter denen ich Fine und auch Katha und Matti erkenne.

»Na, das ist ja eine Überraschung, ihr beide zusammen«, ruft Katha uns entgegen.

Erneut spüre ich die Röte auf den Wangen. Habe ich nicht deutlich zu allen gesagt, dass zwischen Piet und mir absolut nichts ist?

Eine junge Frau kommt gerade mit einem Tablett voller Gläser aus dem Inneren des Cafés und sieht mich freundlich an. »Ihr kennt euch schon?«, will sie dann von Katha wissen.

»Ja, das ist Anni, sie macht Urlaub hier. Wir haben uns in Björkes Bar getroffen.«

»Hallo, Anni.« Lächelnd reicht sie mir ihre Hand. »Ich bin Mia.«

»Freut mich, ich bin Anni.«

Dann wendet sie sich Piet zu. »Hallo, Piet. Vertrittst du Lina?«

»Jap, Hendrik ist im Anmarsch, und du weißt ja, Lina ist dann immer ganz aufgeregt. Man hält es kaum mit ihr aus.«

Mia nickt wohlwollend. »Das ist doch verständlich. Er war ja jetzt für längere Zeit weg, oder?«

»Gute drei Wochen«, antwortet Piet und nimmt auf einem der freien Stühle Platz. Ich setze mich neben ihn.

»Wollt ihr was trinken? Kaffee oder einen Cocktail?«, fragt Mia.

»Für mich am besten ein alkoholfreies Bier. Ich muss nachher noch heimfahren«, erklärt Piet.

»Klar. Und du, Anni?«

»Ich würde gern einen Cocktail probieren. Kannst du mir da etwas Leckeres empfehlen?«

Mia grinst. »Aber sicher. Du wirst staunen.«

Während sie zurück ins Café geht, sehe ich mich um. Katha kenne ich, Fine ebenfalls und auch Jan und Matti. Die anderen Leute sind mir natürlich fremd. Zwei Frauen - eine blonde und eine dunkelhaarige - sitzen etwas abseits. Die blonde hebt die Hand, und als Piet sie entdeckt, nickt er. Die beiden kennen sich wohl.

Doch ich komme nicht dazu, darüber nachzudenken, denn nun nähert sich ein älteres Paar dem Café.

»Svantje, Heiner! Das ist ja schön, dass ihr da seid«, ruft Fine. Sie steht auf und umarmt die beiden herzlich.

Während Svantje sich kurz mit Katha unterhält, kommt Heiner auf Piet und mich zu. »Das ist ja eine Überraschung«, meint er. »Wie geht es so?«

»Sehr gut, danke.« Ich lächele und kann es nicht glauben. Das ist ja der Mann, den ich am Rantumbecken getroffen habe.

»Ihr kennt euch?«, fragt Piet.

»Ja, also … *kennen* wäre zu viel. Aber ich habe Heiner getroffen, als ich mit dem Fahrrad unterwegs war.«

»Da sieht man mal wieder, dass das Leben doch immer alles zusammenführt«, sagt Heiner. »Dann bist du also Gast auf dem Syltseehof?«

»Ja.«

»Sehr schön. Und Piet, ich freue mich, dich auch mal hier zu sehen.«

»Ich vertrete heute Lina, weil Hendrik kommt«, berichtet Piet. »Es ist doch in Ordnung, dass ich Anni mitgebracht habe?«

»Klar, wir besprechen hier ja nichts Geheimes.« Svantje, die sich mittlerweile ebenfalls zu uns gesellt hat, zwinkert mir zu. »Hallo, Anni, ich bin Svantje. Ich habe früher einmal das Café geführt.«

»Das freut mich. Hallo, Svantje.«

Ein Mann in meinem Alter, den ich ebenfalls noch nicht kenne, kommt nun mit unseren Getränken aus dem Café und begrüßt zuerst Piet. »Hey, alles gut so weit?«

»Klar, und bei dir?«

»Na ja, die Aufregung steigt. Ist das alkoholfreie Bier für dich?« Piet nickt, und der Mann stellt es vor ihm ab, ehe er sich mir zuwendet. »Dann ist der Cocktail wohl für dich. Ich bin übrigens Bene, der Verlobte von Mia. Wir führen das Café zusammen.«

»Freut mich«, sage ich und nenne ihm ebenfalls meinen Namen.

Mia kommt nun auch zurück und stellt sich neben ihn. Bene räuspert sich ein paarmal, bis die Gespräche um uns herum verstummen, dann beginnt er mit seiner Ansprache. »Schön, dass ihr alle da seid, damit wir noch ein paar Details zum Wattfest besprechen können. Viele kennen das Fest noch als *Sylter Nacht*, doch nachdem wir nach der letzten Veranstaltung so viel Zuspruch bekommen haben, wurde die Veranstaltung erweitert. Das ist wunderbar, bedeutet aber auch, dass wir alle etwas mehr zu tun haben. Als Teilnehmer neu hinzugekommen ist unter anderem die Familie Sörens vom Syltseehof in Rantum, die heute von Piet vertreten wird.«

Als Bene Piets Namen nennt, wirft die blonde Frau von vorhin ihm einen merkwürdigen Blick zu. Piet wirkt auf einmal angespannt, oder bilde ich mir das nur ein?

Mia ergreift nun das Wort. »Dieses Jahr findet auch erstmals ein Backwettbewerb statt, darauf freue ich mich persönlich sehr. Die Jury wurde bereits zusammengestellt, und es haben sich einige Teilnehmer angemeldet.«

Nacheinander wird jetzt alles besprochen, was wichtig ist: zum Beispiel der Bus-Shuttle-Service, der den Gästen kostenlos zur Verfügung gestellt wird, damit sie ohne Probleme von einem Ort zum anderen kommen können, die Flyer, die verteilt und ausgelegt werden sollen, und die Band, die am Abend am Strand spielen wird. Alle Punkte werden rege diskutiert, sodass die Zeit wie im Flug vergeht. Ich bestelle mir noch einen zweiten Cocktail, weil er wirklich sehr lecker schmeckt. Fruchtig, aber auch blumig, und ich meine, Rosen herauszuschmecken.

»Gut. Gibt es noch Fragen, oder ist so weit alles klar?«, will Bene wissen, als die Diskussion dem Ende zugeht. Er blickt in die Runde, offenbar gibt es keine offenen Punkte mehr.

»Doch, ich habe noch eine Frage«, sagt mit einem Mal die blonde Frau.

»Was liegt dir auf dem Herzen, Kira?«, fragt Bene.

»Nun, ich wollte fragen, ob es möglich wäre, dass unser Stand neben dem des Syltseehofs platziert wird. Das würde sich doch viel besser machen.«

»Aber ihr passt thematisch nicht wirklich gut dazu.«

»Schon, allerdings …« Kira zögert, und Piet rollt mit den Augen.

»Wir haben euren Stand weiter draußen in der Nähe der Bar platziert, weil wir dachten, dass ihr mit eurem Angebot dort besser dazupasst«, erklärt Bene. »Das ist optimal, du wirst sehen.«

»Na gut.« Mit hochgezogenen Augenbrauen mustert sie erst Piet, dann mich.

»Okay, gibt es sonst noch Fragen?« Als von niemandem mehr eine Reaktion kommt, lächelt Bene sichtlich erleichtert. »Gut, dann haben wir es schon. Danke, dass ihr alle gekommen seid.«

Die meisten der Teilnehmer erheben sich nun und verabschieden sich. Nur Kira scheint noch zu zögern.

Schließlich kommt sie zu uns an den Tisch. »Piet, hast du mal eben eine Minute?«

Piet wirkt irgendwie verkrampft, trotzdem steht er von seinem Platz auf. »Bin gleich wieder da«, sagt er zu mir, und ich sehe ihm nach, wie er sich mit Kira ein Stück von uns entfernt.

Am Ende sitzen nur noch Katha und Matti, Fine und Jan sowie Heiner und Svantje gemeinsam mit mir an den Tischen im Außenbereich des Cafés. Mia und Bene sind gerade dabei, gebrauchtes Geschirr in die Küche zu bringen.

»Das heißt dann wohl, dass du noch bis zum Fest hierbleibst?«, fragt Heiner mich, und ich wende rasch meinen Blick von Piet und Kira ab.

»Ja. Ich bin schon sehr gespannt, wie es sein wird.«

»Es wird dir gefallen. Ganz sicher.«

»Was ist das jetzt eigentlich mit Piet und dir?«, will Fine ganz offen wissen.

»Ach wir … wir verstehen uns, was ja erst mal okay ist. Aber sonst ist da nichts. Ich mache hier nur Urlaub.«

Mia steht plötzlich neben mir am Tisch und legt mir den Arm um die Schultern. »Glaub mir, das haben schon viele gesagt.«

Anschließend plaudern wir ein wenig, und ich erzähle ein paar Dinge über mich, wo ich herkomme und was ich beruflich mache.

Als Piet zurückkommt, setzt er sich wieder neben mich und sieht mich fragend an. »Na, was wird denn hier getuschelt?«

»Wir haben nur Anni ein bisschen ausgefragt«, antwortet Fine an meiner Stelle.

»Und, ist bei dir alles in Ordnung?«, fragt Bene und mustert Piet auf eine Weise, als ob er mehr wüsste.

»Jaja, alles okay«, sagt Piet nur, und mir ist, als wollte er Bene mit seinem Blick signalisieren, dass er nicht weiter darüber reden möchte.

Mia bringt nun eine weitere Runde Getränke für alle, und wir unterhalten uns noch eine Weile. Ich erfahre auch so einiges von den anderen und muss zugeben, dass es sehr gemütlich ist. Wer hätte das gedacht?

Irgendwann stehen die Jungs auf. Bene möchte ihnen einen neuen Grill zeigen, der auf dem Fest eingeweiht werden soll. Und so sitzen nur noch wir Mädels zusammen und reden. Auf einmal ertappe ich mich dabei, dass ich immer wieder zu Piet schaue, der in einiger Entfernung zusammen mit den anderen Jungs Benes Grill inspiziert. Himmel, was ist nur los mit mir?

»Du magst ihn, oder?«, fragt Fine mich prompt, und ich zucke zusammen.

»Nein … also ja, klar, aber …«

Sie grinst. »Er mag dich sicher auch. Ich meine, jetzt seid ihr schon wieder zusammen, und wir haben dir ja bereits gesagt, dass das nicht so typisch für Piet ist.«

Nachdenklich nicke ich. »Stimmt, und ihr habt auch gesagt, dass er ein Frauenmagnet ist.«

»Das habt ihr gesagt?« Mia schüttelt den Kopf.

»Das ist er doch auch, oder?«, verteidigt sich Fine. »Schau dir nur mal Kira an, die ist doch immer noch vernarrt in ihn. Oder was sollte der Quatsch, dass ihr Stand direkt neben dem Stand des Syltseehofs platziert werden sollte?«

Jetzt werde ich neugierig. Kira, das ist doch die blonde Frau, mit der Piet vorhin gesprochen hat. »Kira? Ist das seine ...«

»Ja, seine Ex-Freundin«, bestätigt Mia meinen Verdacht. »Ich will ja nichts sagen, aber Kira interessiert sich sonst nicht wirklich für das, was auf der Insel passiert. Doch bevor unsere Besprechung losging, hat sie mich gefragt, ob Piet eine neue Freundin hat. Sie hat euch wohl in der Bar gesehen.«

»Ehrlich? Das wollte sie wissen?«, frage ich erstaunt. Mia nickt. »Und was hast du geantwortet?«

»Ich habe nur gesagt, dass ich nichts Näheres weiß.«

»Hast du mit Piet gar nicht über die Vergangenheit gesprochen?«, erkundigt sich Fine.

Ich schüttle den Kopf. »Nein, es gab für mich ja auch noch keine Veranlassung, danach zu fragen.«

»Das muss man ja auch nicht immer«, pflichtet Mia mir bei.

In diesem Moment kommen die Jungs zurück.

»Ich kann euch sagen, der Grill ist der Hammer«, erzählt Piet, während er sich zu uns setzt. »Und ihr? Wird hier mal wieder Intrigantes ausgeplaudert?«

Wir unterhalten uns noch weiter, aber schon relativ bald verabschieden Piet und ich uns von den anderen. Der Tag war lang, ich bin jetzt doch müde, und Piet scheint es nicht anders zu gehen.

»Und, wie hat es dir gefallen?«, will Piet wissen, als wir im Lieferwagen sitzen und zurück zum Hof fahren.

»Sehr interessant, und alle waren total nett.«

»Das stimmt. Vor dem Filmdreh hatten wir ehrlich gesagt nicht allzu viel miteinander zu tun. Der Kontakt hat sich dann durch die Dreharbeiten ergeben. Lina ist wohl mal auf Heiner gestoßen, und als der Film ausgestrahlt wurde, hat man sich mehr ausgetauscht, was mich echt freut.«

»Ja, so ein Zusammenhalt ist sehr schön«, antworte ich. »Und das klappt auch wirklich? Ich meine, ihr seid ja in gewisser Weise auch Konkurrenten.«

»Das ist schon richtig, klar. Wir sind uns zwar in vielem ähnlich, haben aber doch unterschiedliche Angebote. Und die Empfehlungen, die man gegenseitig ausspricht, rechnen sich am Ende. Man lernt sich untereinander kennen und hilft sich.«

Piet lenkt den Wagen nun in den Hof ein. Als wir aussteigen, ist die Luft klar und der Himmel von Sternen übersät.

»Wirklich sehr schön«, sage ich und blicke in den Himmel.

»Und am Meer ist es noch schöner, weil da gar kein Licht in der Nähe ist.« Piet lächelt. »Möchtest du noch zum Strand?«

»Ich dachte, es ist schon spät?«

»Klar, aber auf die paar Minuten kommt es jetzt auch nicht mehr an.«

Da hat er schon recht, denke ich, und so stimme ich seinem Vorschlag zu.

Wir passieren den schmalen Weg, der uns zum Strand bringt. Das Meer rauscht, ansonsten ist es still, und der Himmel breitet sich wie ein dunkler Teppich mit hellen Flecken über unseren Köpfen aus.

»Hast du schon mal eine Sternschnuppe gesehen?«, frage ich Piet, der ebenfalls gerade in den Himmel blickt.

»Ja, ein paarmal.«

»Ich ebenfalls.«

»Es ist immer sehr schön, oder?«

»Sehr.« Wieder sehen wir uns an. »Danke, dass du mich zu dem Treffen im Café mitgenommen hast. Es war wirklich nett.«

»Klar, kein Problem.«

»Die blonde Frau«, beginne ich vorsichtig, »ihr habt euch gekannt?«

»Ja, und die anderen haben dir sicher erzählt, wer sie ist, oder?«

Ertappt senke ich den Kopf. »Na ja …«

»Wusste ich es doch.«

»Und ihr seid nicht im Guten auseinandergegangen?«, wage ich es, weiterzufragen.

»Was heißt *im Guten*? Gibt es das überhaupt, dass man nach einer Beziehung im Guten auseinandergeht? Vermutlich eher selten.«

»Das stimmt. Wolltest du sie mit mir eifersüchtig machen?« Die Frage ist mir jetzt einfach so herausgerutscht.

Erstaunt sieht er mich an. »Wie kommst du denn darauf?«

»Ich weiß nicht … Also ja?«

»Nein, nein, ich bin über sie hinweg. Wirklich. Ich gebe zu, ich hatte schon etwas daran zu knabbern, aber inzwischen ist es vorbei.«

Auf einmal kommt mir ein Gedanke. »Hattest du Angst, ohne mich dort hinzugehen?«

»Nur weil ich dachte, dass mir sonst irgendein Missgeschick passiert. Dass ich dumm hinfalle oder so«, gesteht er.

Ich schlucke. »Wow, und ich dachte, du wolltest mich wirklich dabeihaben.«

»Aber das wollte ich doch. Das war nur Spaß.«

»Nein, sag es ruhig: Ich war lediglich dein Glücksbringer.« Wahrscheinlich bringe ich es damit auf den Punkt.

»Quatsch. Bist du eifersüchtig, oder warum verziehst du jetzt das Gesicht?«

»Was? Ich verziehe nicht das Gesicht. Und warum sollte ich eifersüchtig sein? Das würde ja heißen, dass ich etwas von dir will.« Energisch stemme ich die Hände in die Hüften.

»Und das tust du nicht, richtig?«

»So ist es.«

Er grinst, und seine Augen liegen auf mir. »Zu schade.«

Mir bleibt der Mund offen stehen. »Gräbst du mich etwa an? Ich bin sicher kein … also …«

»Aha, da kommt aber jemand ziemlich ins Stottern.«

Ich boxe ihn gegen die Brust. »Jaja, ich durchschaue deine Spielchen schon. Vermutlich willst du mir nur wieder einen Kuss klauen.«

»Ginge es mir nur darum, hätte ich dir den Kuss nicht zurückgegeben, oder? Glaub mir, ich spiele keine Spielchen, wirklich. Aber ich gestehe, eine Sache ist da.«

Erneut sehen wir uns intensiv an.

»Und die wäre?«

»Dass ich dich echt gern küssen würde. Viel zu oft.« Auf einmal kommt er näher, und meine Knie beginnen zu zittern.

»Ja, das ist wirklich ein Problem«, flüstere ich.

»Allerdings, weil unsere Küsse … riskant sind.«

»Und dieses Risiko sollten wir nicht eingehen, oder?«

»Na ja, wenn man bedenkt, was unsere Küsse für Auswirkungen haben können …«

Plötzlich spüre ich etwas in mir, das mir sagt, dass es einen Versuch wert sein könnte. Vielleicht verteilt sich ja das Glück, wenn wir uns küssen und wieder küssen.

Piet scheint denselben Gedanken zu haben wie ich. »Was meinst du?«, fragt er. »Wenn wir uns so oft küssen, dass selbst der Fluch nicht mehr weiß, auf wessen Seite er sich schlagen soll?«

»Das ist dein Plan?«

»Dumm, oder?«

»Ich weiß nicht. Oder sehr gut.« Ich atme tief durch, um ein wenig Zeit zu gewinnen. »Na gut, dann lass es uns versuchen«, sage ich schließlich.

Er kommt mit dem Gesicht noch etwas näher. »Bist du dir sicher?«

»Schlimmer kann es ja nicht mehr werden, oder?«

»Okay, dann …« Er beugt sich langsam zu mir, ganz langsam. Und dann …

Nichts passiert.

»Was ist jetzt?«, frage ich leise.

»Keine Ahnung.«

Er nervt mich wirklich, deswegen mache ich nun selbst den letzten Schritt und lege meine Lippen auf seine. Wow, was ist das? Mit einem Mal beginnt mein Herz, beinahe durchzudrehen.

Bilde ich mir das nur ein? Oder ist das wirklich gut?

Schnell weiche ich einen Schritt zurück.

»Was ist?«, raunt Piet mir zu.

»Nichts, oder? Oder hast du was gespürt?«

Was rede ich denn da? Natürlich habe ich etwas gespürt. Aber ich würde es so gern noch einmal ausprobieren.

»Ich bin mir nicht sicher. Und du?«

»Keine Ahnung. Moment.« Ich küsse Piet erneut, und er küsst mich zurück. So heftig, dass wir beinahe in den Sand stürzen.

Noch einmal berühren sich unsere Lippen, dann lasse ich ihn los.

»Und?«

»Ich weiß nicht. Das war komisch, oder?«

Piet lacht. »Bitte was? Du findest, ich küsse komisch?«

»Ja, sehr komisch.« Noch immer spüre ich das Prickeln auf meinen Lippen. Kann es sein, dass ein Kuss so gut ist?

»Komisch, also wirklich. Was für ein schönes Kompliment«, murmelt er und streicht sich durchs Haar. »Was mir heute alles an den Kopf geworfen wird …«

»Du küsst bestimmt sonst ganz gut«, versuche ich, ihn zu beruhigen. »Es ist sicher nur komisch, weil ich dich nicht leiden kann.«

»Bitte? Du kennst mich doch gar nicht.« Erneut kommt er einen Schritt auf mich zu.

»Stimmt auch wieder. Trotzdem, du weißt ja warum.« Dennoch frage ich mich, warum mein Herz so heftig geklopft hat. »Piet? Willst du es noch mal probieren? Ich … ich gebe dir noch eine Chance.«

Er grinst. »Na gut.«

Und dann küssen wir uns wieder.

Ja, es ist spät, und es ist bescheuert. Dennoch befinde ich mich mit einem Mal in Piets Wohnung. Sobald die Tür hinter uns ins Schloss fällt, küssen wir uns schon wieder. So stürmisch, dass mir gefühlt beinahe das Herz aus der Brust rutscht.

Irgendwann halte ich inne. »Oh Gott, was machen wir hier eigentlich?«, hauche ich gegen seinen Mund.

»Wir küssen uns. Und das nicht nur einmal.«

»Ja, eben. Und ich bin mit dir in deiner Wohnung.«

Noch immer sind wir uns sehr nah.

»Möchtest du doch gehen?«

»Ich weiß nicht …«

Er beugt sich leicht vor, und erneut verschmelzen unsere Lippen. Ist das normal, dass man in dieser Situation nicht mehr denken kann?

»Wenn wir das jetzt tun, wer hat dann den Fluch?« Ich nutze den Moment, als sich unsere Lippen kurz voneinander lösen.

Er lächelt. »Und davor hast du Angst?«

»Ich weiß es auch nicht.« Ich spüre nur, wie mein Herz gegen seines klopft.

Unsere Blicke verbinden sich für eine ganze Weile. Trotz der Dunkelheit sehen wir uns tief in die Augen.

»Und wie geht das hier dann weiter?«, will ich ein wenig atemlos wissen.

»Das werden wir auch sehen, oder?«

Seine Lippen sind schon wieder nur noch wenige Millimeter von meinen entfernt.

»Dann tun wir das jetzt tatsächlich«, flüstere ich gegen seinen Mund.

»Nun, wir könnten auch vorher einen Plan aufstellen.«

»Einen Plan?«

»Ja.«

»Welchen?«

»Keine Ahnung.« Er grinst. »Okay, reden wir nicht länger weiter.« Schon verschließt er meinen Mund mit einem erneuten Kuss.

Man lässt sich viel zu oft
durch sich selbst einschüchtern,
und dadurch verpasst man
einiges. Denn eigentlich
haben wir alle Glück.

Etwas, das er haben wollte

»Das klingt echt aufregend und verrückt«, sagt Bine am nächsten Morgen, nachdem ich ihr berichtet habe, was vorgefallen ist. Dass Piet und ich uns geküsst haben – und so viel mehr.

»Schon, oder? Aber es war so schön.«

»Seht ihr euch heute wieder?«

»Ja, so haben wir es zumindest vereinbart. Weißt du, an der Sache mit ihm ist nichts kompliziert, wir hatten einfach Spaß. Na ja, und wegen des Fluchs werden wir auch sehen, was kommt.«

Ich habe mich gerade fertig gemacht und bin dabei, das Apartment zu verlassen. Auf einmal gerate ich ins Stolpern und kann mich gerade noch auf den Beinen halten.

»Alles in Ordnung?«, fragt Bine sogleich.

»Ach, ich bin nur gestolpert.«

»Oh. Meinst du, du hast den Fluch womöglich wieder?«

Damit spricht sie das aus, was ich insgeheim auch schon befürchtet habe. »Na, ich hoffe es mal nicht. Aber … das Ganze ist doch echt bescheuert, oder?«

»Ja, wenn es wirklich so wäre. Und was machst du jetzt?«

»Ich habe Lust, an den Strand zu gehen. Papa kommt wohl auch dazu, und zudem bin ich auf Hendrik gespannt, er müsste eigentlich schon da sein.«

»Aber um noch mal auf die Sache mit Piet zurückzukommen: Wenn das mal gut geht …«

»Sicher geht es gut«, falle ich ihr ins Wort. »Wir sind erwachsene Menschen, die eine gute Zeit zusammen haben und den Fluch lösen wollten. Vermutlich haben wir ihn jetzt sehr verwirrt. Bestimmt ist alles halb so wild.«

Wen versuche ich eigentlich, damit zu überzeugen? Bine oder eher mich selbst?

»So klar ist das mit euch nicht, oder?«, wendet sie ein. »Und ich vermute, du magst Piet doch etwas mehr. Du gibst es nicht wirklich zu, aber ich denke, es ist so.«

Was soll ich dazu sagen? »Ja, ich bin mit ihm ins Bett gegangen, und ich mag ihn. Ich bin jedoch so realistisch, mich deswegen nicht verrückt zu machen. Ich bin hier nur im Urlaub, und mehr kann so oder so nicht daraus entstehen.« Ich merke selbst, dass ich die Worte weniger wie eine Aussage, sondern eher wie eine Frage ausspreche.

»Ich sage es ja nur. Aber gut, wenn es so in Ordnung für dich ist.«

»Ja, es ist okay so, wirklich.«

Und doch bin ich mir nicht ganz sicher, als wir nun das Telefonat beenden. War es am Ende ein Spiel? Hat Piet das Ganze nur gemacht, damit er … ja, was?

Nein, ich sollte mir keine Gedanken machen. Ich meine, alles ist doch gut, oder?

Während ich auf den Hofladen zugehe, blicke ich auf die Uhr. Es ist bereits kurz nach zehn, ich habe ziemlich lange geschlafen. Vor dem Laden entdecke ich Lina, die dort mit einem Mann steht. Die beiden halten sich im Arm und turteln. Das muss Hendrik sein.

»Moin«, rufe ich, und sie winkt mir zu.

»Moin, Anni. Darf ich vorstellen? Das ist Hendrik.«

Vor mir steht ein sympathisch aussehender junger Mann mit hellen Haaren. Er reicht mir die Hand. »Moin, du bist Gast hier auf dem Hof?«

»So ist es.«

Er lächelt. »Lina hat mir schon einiges von dir erzählt.«

»Und ich habe von dir ebenfalls schon einiges gehört«, entgegne ich. »Ich freue mich, dass ihr beide jetzt vereint seid.«

»Was glaubst du, wie ich mich erst freue.« Lina drückt ihm einen Kuss auf die Lippen.

»Ich hole mir mal eben einen Kaffee und gehe dann ans Meer«, sage ich zu ihr.

»Klar, mach das gern. Elsa ist drinnen, entweder im Laden oder in der Küche. Du findest sie ganz sicher.«

Als ich den Laden betrete, kommt Elsa gerade mit einem Kuchentablett aus der Küche und stellt es auf dem Tresen ab. Sie wirkt fröhlich wie immer.

»Moin, Anni. Na, gut geschlafen?«

Ich nicke, werde aber stutzig, weil sie die Worte so merkwürdig ausgesprochen hat. »Ja, schon. Oder sollte ich nicht?«

»Doch, doch.«

»Okay. Machst du mir bitte einen Latte?«

»Klar.« Sie schaltet die Maschine ein, die sogleich zu rattern beginnt. »Piet ist übrigens unterwegs, falls du ihn suchen solltest.«

»Ähm, also … gerade eigentlich nicht.«

Sie stellt den Becher mit dem fertigen Getränk auf die Ladentheke. »So, bitte schön.«

»Ich danke dir. Bist du schon nervös wegen morgen? Da ist doch der große Tag.«

»Und wie! Heute ist deswegen noch einiges zu tun.«

»Falls ich dir helfen kann, sag mir bitte Bescheid, ja?«, biete ich ihr an.

»Das mache ich, danke für das Angebot.«

Ich greife nach dem Becher, der mir prompt aus der Hand rutscht. »Verdammt, tut mir leid.« Ich kann es nicht glauben. Ist das gerade wirklich passiert?

Schnell greife ich nach einer Serviette und gehe in die Hocke, um den Boden trocken zu wischen.

»Warte, ich helfe dir.« Elsa kommt mit einem Putzlappen in der Hand um die Theke herum und kniet sich neben mich.

»Oh Mann, so ein Mist«, fluche ich, aber sie sieht mich aufmunternd an.

»Halb so wild. Schau, wir haben es doch schon. Ich mache dir am besten gleich noch einen.«

Ich nicke, während sich in meinem Kopf die Gedanken drehen. Denn mit einem Mal habe ich das Gefühl, dass der letzte Kuss wohl der entscheidende war. Und dass ich jetzt wieder den Fluch auf mir habe.

Mit dem warmen Getränk und einem Törtchen, das Elsa mir noch eingepackt hat, sitze ich schließlich am Strand. Irgendwie fühle ich mich angespannt, und ich versuche, mich zu beruhigen. Glück, Liebe, ein Fluch – das alles liegt doch nur an einem selbst. Dass ich vorhin den Kaffee verschüttet habe, hat doch nichts zu bedeuten, oder?

Ich will gerade das Buch mit den Glücksgeschichten aufschlagen, das ich mir gekauft habe, als auf meinem Handy eine Nachricht von Piet eintrudelt. Mein Herz macht einen freudigen Hüpfer. Gleich werde ich sehen, dass alles in Ordnung ist, denke ich. Und am Ende küssen wir uns eben einfach noch mal.

Piet schreibt, dass er noch nicht weiß, wann wir uns heute sehen, weil ja doch viel für das Fest zu erledigen ist. Okay, wirkt das jetzt merkwürdig? Nein, eigentlich nicht. Und doch habe ich ein merkwürdiges Gefühl im Bauch. Ich antworte ihm dennoch, dass es kein Problem ist und er Bescheid geben soll, wenn er Hilfe braucht. Darauf schickt er mir nur noch ein Emoji mit einem nach oben gereckten Daumen zurück. Nein, alles ist okay, genau das muss ich mir sagen. Da ist zwar dieses merkwürdige Gefühl, aber ich schiebe es beiseite.

Und so beschließe ich, den Tag einfach zu genießen. Ich lese und freue mich, die Sonne zu spüren.

Nach einer Weile gesellt sich Papa zu mir. »Na, wie geht es dir heute?«, will er wissen.

Er hat sich ebenfalls ein Buch mitgebracht – natürlich wieder einen Krimi. Vielleicht ist das ja eine Art Berufskrankheit. Als Bestatter hat er andauernd mit Leichen zu tun, da kann ihn wohl selbst der blutigste Krimi nicht mehr erschüttern.

Ich atme tief ein und aus. »Gut so weit.«

»Das freut mich.«

»Ja, ich kann es auch kaum glauben.« Und so ist es tatsächlich. Wir sitzen oder liegen einfach entspannt da, und ab und zu gehen wir ins Wasser.

»Was ist das jetzt mit dir und Piet?«, fragt Papa mich irgendwann.

Ich sehe ihn an. »Na ja, wir … wir verstehen uns …«

»Das habe ich schon bemerkt. Freust du dich auf das Fest morgen?«

»Oh ja, ich bin sehr gespannt, wie es werden wird. Und mit Inga, wie ist es da so?«, traue ich mich jetzt auch zu fragen.

»Wir verstehen uns prima. Wobei, es ist mehr«, gesteht er. »Ich bin glücklich und genieße es wirklich sehr.«

Ich freue mich ja für ihn, so ist es nicht. Aber hat diese Verbindung eine Zukunft? Das ist es, was ich mich frage – zugegebenermaßen auch in Bezug auf Piet und mich. »Das ist schön. Aber wie soll es mit euch weitergehen? Was soll daraus werden?«

»Mal abwarten, ich möchte sie auf alle Fälle wiedersehen. Und du, willst du mit Piet in Verbindung bleiben? Ich meine …«

»Was?«

»Ach, komm schon, Anni.«

»Also gut«, sage ich und berichte ihm dann alles, was war. Ich erzähle von den Küssen und dem Fluch, und ich vertraue ihm auch an, dass ich jetzt ein merkwürdiges Gefühl habe.

»Ach was«, entgegnet er, »ich finde, das klingt danach, als wären da wirklich Gefühle im Spiel. Und es ist doch sehr aufregend, was hier passiert.«

»Ja, irgendwie schon, aber …« Ich wiege den Kopf hin und her. »Vermutlich muss ich realistisch sein. Am Ende macht er das mit jeder?«

»Ist das eine Frage?«

»Nein, eine Vermutung.«

»Also, ich denke mal nicht, dass er das mit dem Fluch und der Küsserei mit jeder macht.«

»Das nicht, klar. Aber dass er mit einer Frau etwas anfängt und dann doch nichts ist …« Ich seufze. »Man hat mir schon gesagt, dass er eher der lockere Typ ist.«

»Mach dir mal nicht so viele Gedanken. Glaub mir, das wird schon alles irgendwie werden.«

Die Seeluft macht mich ganz schön müde, und als ich kurz davor bin, einzudösen, klingelt mein Handy. Es ist Piet. Irgendwie freue ich mich, seinen Namen auf dem Display zu lesen, und bin gespannt, was jetzt kommt.

»Na, alles gut bei dir?«, frage ich, nachdem ich das Gespräch angenommen habe.

Er räuspert sich. »Jaja, nur ziemlich stressig. Es tut mir megaleid, aber heute klappt es wirklich nicht mehr. Wir haben so viel zu tun mit dem Fest, das weißt du ja.«

»Okay, klar. Können wir euch dabei helfen?« Als ich die Worte ausspreche, hebt Papa seinen Kopf und sieht mich an.

»Nein, nein, ihr habt doch Urlaub. Genießt lieber eure letzten Ferientage.«

Wow. Hat er das wirklich gesagt? Irgendwo hat er ja recht, dennoch fühlt es sich nicht gut an. Wenn er mich wiedersehen wollte, würde er es doch möglich machen, oder? Gerade weil wir nur noch wenige Tage hier sind. Dann würde er Zeit finden.

Ich schlucke. Habe ich mich also doch nicht getäuscht. »Ja, kein Problem. Hab schon verstanden.« Die letzten Worte rutschen mir einfach so heraus.

»Wie meinst du das?«

»Ach, komm schon. Dein Tag verläuft sicherlich gut, oder?«

»Inwiefern?«

Kapiert er es wirklich nicht, oder tut er nur so?

»Das weißt du doch, Piet. Ich habe sehr wohl kapiert, was dein Plan dahinter war, ich bin ja nicht blöd.« Mein Herz zieht sich zusammen. Ich bin echt dumm. So dumm. »Wir sehen uns«, sage ich nur noch, bevor ich einfach auflege.

»Was ist los?«, fragt Papa.

»Ach, nichts. Piet … keine Ahnung, er meinte, er hat heute keine Zeit, und wir brauchen auch nicht bei den Vorbereitungen fürs Fest zu helfen. Wir sollen lieber unsere letzten Ferientage genießen.«

»Und deshalb hast du jetzt ein komisches Gefühl? Oder warum hast du gerade so genervt geklungen?«

»Ist das nicht klar? Weil ich wirklich genervt bin. Ganz ehrlich, es ist doch wie immer. Er ist auch nur einer der Kerle, die sich holen, was sie wollen, und in meinem Fall war es das Glück. Wäre er heute vom Pech verfolgt, hätte er sicher einem Treffen zugestimmt. Aber gut, er kann mich mal. Ich werde schon zurechtkommen.«

Erstaunt sieht Papa mich an. »Glaubst du noch immer an die Sache mit dem Fluch?«

»Irgendwie schon, ja. Und ich merke gerade auch, dass Piet sich von mir distanziert.«

»Weil er keine Zeit hat?«

»Na ja, bis gestern wollte er mich ja noch sehen.«

So ist es doch, oder? Aber vielleicht rede ich mir das auch nur ein. Er hat Stress mit der vielen Arbeit auf dem Hof, und jetzt kommen auch noch die Vorbereitungen für das Fest hinzu.

»Ach, Anni, ich verstehe dich. Aber ich denke, du solltest das nicht so auf die Goldwaage legen. Redet einfach miteinander, wenn er wieder Zeit hat«, rät Papa mir. »Es ist ja wirklich gerade viel los.«

»Ja, vielleicht«, sage ich und stehe auf. »Ich hole mir drüben in der Bar etwas Kühles zu trinken. Möchtest du auch was?«

»Eine gute Idee, gern. Für mich ein Wasser bitte.«

Wenig später stehe ich im Außenbereich von Björkes Bar am Tresen und warte, bis ich an der Reihe bin. Irgendwie habe ich das Gefühl, beobachtet zu werden. Und tatsächlich, als ich mit den Getränken in der Hand zu Papa zurückgehen will, steht auf einmal Kira vor mir.

»Moin.« Täusche ich mich, oder wirkt ihr Lächeln etwas aufgesetzt?

»Moin«, antworte ich nur. Was sie wohl von mir will?

»Du bist doch diejenige, die Piet gerade hat.«

Wie meint sie das? Und »gerade hat« - was soll das heißen?

»Sorry, das sollte jetzt nicht doof klingen«, fügt sie hinzu. »Aber du warst doch mit ihm unterwegs und auch bei der Besprechung im Café dabei, oder?«

Als ob sie das nicht wüsste.

»Ja, warum?«, frage ich betont kühl.

»Weil wir mal reden sollten.«

»Ach ja? Und worüber?«

»Du weißt doch, wer ich bin, oder?«

»Ja, das weiß ich. Was willst du von mir?« Sie soll ruhig merken, dass ich genervt bin.

»Nun, ich müsste es nicht, aber ich möchte dich warnen, denn Piet ...« Sie hält inne und räuspert sich. »Sagen wir mal so, du solltest dich von ihm nicht an der Nase herumführen lassen. Wenn Piet etwas will, dann bekommt er es auch.«

Wow, das hat gesessen. Mit einem Mal geht ein heftiger Stich durch mich hindurch.

»Was sollte er von mir wollen?«

»So wie ich es mitbekommen habe, hattest du etwas, das er haben wollte. Aber das hat einen Grund.« Beinahe zufrieden sieht sie mich an.

»Und was für ein Grund soll das sein?«

Ihr Lächeln wird noch breiter. »Ich denke, das weißt du genau. Und soll ich dir sagen, wie man das bei Piet merkt? Wenn man ihm nicht mehr wichtig ist. Dann hat er plötzlich keine Zeit. Oder er meldet sich gar nicht mehr. Da wärst du nicht die Erste.«

Ich schlucke, versuche jedoch, cool zu wirken. »Mal ehrlich, ich habe keine Ahnung, was du von mir willst.«

»Ich möchte dich nur warnen, denn Piet und ich … uns kriegt so schnell nichts auseinander. Ja, es gab eine Zeit, da lief es zwischen uns nicht so gut. Aber wenn er dich wirklich gernhätte, warum schreibt er dann wieder mit mir?«

Wow. Der Stich wird noch tiefer und schmerzvoller. Ich gebe mich jedoch betont gleichgültig, zucke nur mit den Schultern und lasse sie einfach stehen.

Das hat gesessen. Und ich muss gestehen, Kiras Worte haben mich getroffen. Piet schreibt also wieder mit ihr?

Ich versuche, mir nichts anmerken zu lassen, als ich mit den Getränken zu Papa zurückkomme. Doch er scheint mich zu durchschauen. »Ist wirklich alles in Ordnung?«, fragt er.

»Jaja, alles gut«, antworte ich nur und lege mich wieder hin.

Du hattest etwas, das er haben wollte.

Ich bekomme Kiras Worte nicht aus meinem Kopf, sosehr ich mich auch bemühe. Irgendwie muss sie etwas mitbekommen haben. Aber gut, dann soll Piet doch das haben, was er wollte. Soll er doch das Glück haben. Ganz ehrlich, er kann mich mal. Ich habe keine Lust, mich verrückt zu machen. Es sind nur noch wenige Urlaubstage, und ich werde sie so nutzen, wie ich es möchte.

Als ich am Abend allein in meinem Apartment bin, wird das Gefühl der Unruhe immer stärker. Ich beschließe, dass ich Klarheit brauche, daher greife ich zu meinem Handy und schreibe Piet eine Nachricht. Ganz sicher werde ich nicht wieder die Dumme in dieser Sache sein.

Piet, können wir reden? Es ist wichtig!

Nur wenige Minuten später kommt bereits seine Antwort.

Ist was passiert? Sorry, dass ich heute so kurz angebunden bin. Ich bin gerade dabei, die Ernte ins Lager zu bringen. Können wir uns nicht lieber morgen treffen?

Das hätte er wohl gern, doch ich möchte das gleich klären. Ich bin vielleicht naiv, aber nicht dumm.

Als ich auf dem großen Platz vor der Scheune ankomme, trägt Piet gerade eine Kiste mit Gemüse ins Lager. Er wirkt überrascht, mich zu sehen, stellt die Kiste auf dem Boden ab und kommt mir entgegen.

»Hey, Anni, es tut mir echt leid, ich …« Als ich nun die Hand hebe, mustert er mich mit ernster Miene. »Was ist los? Bist du sauer?«

»Ich muss dich etwas fragen, und ich möchte, dass du ehrlich bist. Was läuft zwischen dir und Kira?«

Piet wirkt für einen Moment verwirrt, dann seufzt er. »Mit Kira? Da läuft nichts, Anni. Warum fragst du?«

»Weil sie mir gesagt hat, dass ihr immer noch Kontakt habt. Sie meinte, du schreibst wieder mit ihr und …« Ich breche ab und suche in Piets Gesicht nach einer Antwort.

»So ist das nicht, glaub mir«, beteuert er.

»Schon gut, du hängst eben an ihr. Und mal ehrlich, das mit uns macht ohnehin keinen Sinn. Also sollte jetzt jeder für sich versuchen, sein Glück zu finden. Alles klar?«

»Was hat sie zu dir gesagt?«

»Dass du etwas von mir wolltest, und wir wissen ja beide, was das ist: das Glück. Wobei das dumm ist, denn mal ehrlich, dafür hättest du mich nicht ins Bett zu ziehen brauchen. Aber du hattest Glück, heute war wieder ich die Tollpatschige. Also hast du doch alles richtig gemacht«, sage ich mit einem merklich ironischen Unterton in der Stimme.

»So siehst du das?«

»Ach, komm schon, Piet. Willst du mich für dumm verkaufen? Du hast das alles doch nur gemacht, um mich an der Nase herumzuführen. Es war aufregend, aber mehr auch nicht. Vielleicht ist das deine Rache für damals, als ich dich versetzt habe. Oder was weiß ich.«

Piet sieht mich schockiert an. »Was? Nein, das ist nicht wahr.«

»Wie auch immer, ich bin sowieso bald weg. Also alles Gute für dich.«

Mit diesen Worten drehe ich mich um und gehe. Piet ruft mir noch etwas nach, doch ich ignoriere ihn. Tränen schießen mir in die Augen, ich zwinge mich jedoch, stark zu bleiben. Ich werde ihm nicht die Genugtuung geben, meine Schwäche zu sehen. Nein, auf gar keinen Fall.

Manchmal ist es das wert

Am Tag des Festes mache ich mich morgens auf den Weg zum Meer und setze mich dort in einen der Strandkörbe. Papa wird auch noch dazukommen, er möchte vorher jedoch noch ein bisschen spazieren gehen – mit Inga, wie ich vermute. Bei den beiden scheint es gut zu laufen.

Die Sache mit Piet und den Küssen sitzt mir noch in den Gliedern, aber es war richtig so. Damit ist die Angelegenheit ein für alle Mal geklärt. Und das Karma … keine Ahnung. Soll es doch jetzt daraus machen, was es will. Ich denke an Bine, die meinte, ich hätte das nicht tun sollen. Doch mal ehrlich, ich hatte auch keine Lust auf Theater. Das habe ich zu oft erlebt und dann mein Herz verloren. Ja, ich habe mich mit Piet glücklich gefühlt, aber Sinn macht das alles doch nicht.

Auf einmal taucht Elsa am Strand auf, was mich schon wundert, schließlich hat sie heute sicher sehr viel zu tun, zumal ja auch der Backwettbewerb ansteht. Als sie mich sieht, winkt sie mir aufgeregt zu.

»Hey. Na, wie geht es dir? Bist du schon nervös?«, rufe ich.

»Ja, sehr. Ehrlich gesagt sterbe ich.« Sie atmet schwer.

»Warum? Was ist denn los?«

Elsa setzt sich nun neben mich und berichtet mir, dass etwas mit dem Ofen in ihrer Küche nicht stimmt, was mir total leidtut. »Ich habe jetzt mit Renate vereinbart, dass ich einen Teil bei ihr backen kann, den Rest in der Backstube bei Fines Freund Jan. Aber … könntest du mir vielleicht helfen und mit mir dort hinfahren? Du müsstest allerdings auch so lange dort bleiben, bis alles fertig ist. Ich hätte ja Piet gefragt, aber er ist so eingespannt, und es geht ihm heute auch nicht besonders gut.«

Sie wirkt so verzweifelt, dass ich sofort mein Buch zuklappe. »Klar, ich helfe dir. Wann sollen wir fahren?«

»Am besten jetzt gleich.«

Ich ziehe mich nur noch rasch in meinem Apartment um, dann fahre ich mit Elsa zu Jans Backstube, wo Fine bereits auf uns wartet.

»Das ist so lieb, dass du mithilfst«, sagt Elsa zu ihr. »Immerhin seid ihr vom *Café mit Sylt und Zucker* beim Wettbewerb ja meine Konkurrenten.«

Fine lacht. »Also, wenn wir gewinnen, dann sollte es schon gegen die Beste der Insel sein.«

Nachdem wir den Lieferwagen ausgeladen haben, fährt Elsa zum Hof zurück, um noch einige Dinge zu holen, die wir zum Backen brauchen. Fine und ich tragen inzwischen das, was wir ausgeladen haben, in die Backstube. Dann beginnen wir, nach einem Rezept, das Elsa uns vor ihrer Abfahrt ausgehändigt hat, einen Teig zusammenzurühren. Es handelt sich um Kuchen, der beim Fest verkauft werden soll. Das Gebäck, mit dem Elsa am Wettbewerb teilnimmt, hat sie größtenteils bei Renate und auch schon gestern zu Hause gebacken.

»Und, alles gut bei dir?«, fragt Fine, während wir die Kisten mit den Zutaten, die Elsa vorbereitet hat, auspacken. »Ihr seid nur noch zwei Tage hier, oder?«

»Ja, so ist es. Wahnsinn, wie die Zeit vergangen ist.«

»Das ist im Urlaub immer so. Da rast die Zeit nur so dahin.« Sie sieht mich an. »Und du und Piet? Ich hatte ja das Gefühl, ihr versteht euch gut und …«

Schnell winke ich ab. »Nein, nein, da ist nichts.«

»Wirklich?«

Ich überlege kurz und beschließe dann, das, was mir auf der Seele brennt, jetzt einfach loszuwerden. »Ach, wir hatten Streit, und für mich ist das gegessen.«

Ich weiß gar nicht, warum ich ihr das alles erzähle, aber irgendwie wirkt Fine so, als würde sie mich vielleicht verstehen. Es sprudelt einfach so aus mir heraus: die Sache mit Piet und mir, dem Karma und dem vermeintlichen Fluch.

»Also, das ist wirklich eine verrückte Geschichte«, meint sie, als ich geendet habe. »Verrückt, aber auch sehr schön. Und ich verstehe dich, ich wäre an deiner

Stelle genauso skeptisch. Weißt du, ich glaube, Piet mag dich wirklich, und manchmal sollte man nicht gleich die Türen schließen, ohne miteinander geredet zu haben. Mit Jan und mir war das auch so eine Sache, ein einziges Hin und Her, doch mein Herz fühlte sich glücklich. Und irgendwo muss es ja einen Grund geben, warum du auf die Insel gekommen bist. Weißt du, was ich meine? Ob es nun Karma ist oder nicht. Du hast dich an ihn erinnert, und ihr seid euch dann wieder über den Weg gelaufen. Und was Kira anbelangt: Sie nervt wirklich, ich weiß das von Mia, aber Piet will nichts von ihr. Das ist vorbei. Du magst ihn doch, oder?«

»Ich mag ihn, ja. Aber das alles macht doch keinen Sinn, ich bin ja bald wieder weg und dann …«

»Wer weiß, was noch passiert. Es ist schließlich noch alles möglich, oder?«

Fines Worte machen mich nachdenklich, und ich freue mich, dass ich so offen mit ihr reden kann. Also ergreife ich die Gelegenheit und frage sie das, was mich seit meiner Ankunft hier auf der Insel beschäftigt. »Wenn wir schon von Piet reden … Ich habe ihn neulich am Busbahnhof gesehen, zusammen mit einer blonden Frau in einer recht grellen pinkfarbenen Jacke. Hast du eine Ahnung, wer sie gewesen sein könnte?«

»Blond mit einer pinkfarbenen Jacke?« Fine überlegt kurz, dann erhellt sich ihre Miene. »Ja, klar. Das muss Betty gewesen sein. Sie ist Tierärztin und hat während ihres Studiums einen Sommer lang auf dem Hof ausgeholfen. Inzwischen arbeitet sie in einer Praxis in Westerland. Aber was sie angeht, kannst du ganz unbesorgt sein. Sie interessiert sich nicht für Männer und ist mit ihrer Partnerin sehr glücklich.«

Nun bin ich erst recht froh, mit Fine über Piet gesprochen zu haben. Und ich erkenne einmal mehr, dass nicht immer alles tatsächlich so sein muss, wie es auf den ersten Blick den Anschein macht.

Irgendwann stößt Elsa wieder zu uns, und zu dritt geht uns alles schnell von der Hand. Als ich danach zusammen mit ihr zurück zum Hof fahre, merke ich ihr an, wie erleichtert sie ist.

»Du bist ein Engel, ich danke dir von Herzen. Kein Wunder, dass Piet dich so mag«, sagt sie mit einem freudigen Strahlen im Gesicht.

In meiner Brust klopft es heftig. »Alles gut, gern geschehen.« Ich gehe nicht auf ihre Bemerkung mit Piet ein, dennoch bin ich neugierig. »Wo ist er eigentlich gerade?«, frage ich vorsichtig.

»Er und Hendrik sind mit dem Aufbau unseres Standes beschäftigt. Mama und Lina halten im Hofladen und im Café die Stellung.«

»Wann ist denn die Preisverleihung?«

»Heute um siebzehn Uhr. Zum Glück konnte ich vorhin schon das Gebäck, mit dem ich teilnehme, abgeben. Jetzt können wir uns ganz auf den Stand konzentrieren. Du kommst doch auch zur Verleihung, oder?«

»Klar, was denkst du denn?«

»Super. Jetzt kann eigentlich nichts mehr schiefgehen.«

Ich nicke. Ja, eigentlich schon.

Kurz vor siebzehn Uhr machen wir uns auf den Weg zum Strand. Dort wird vor Björkes Bar, die heute festlich geschmückt ist und damit noch einladender wirkt als sonst, die Preisverleihung stattfinden.

Die Nervosität ist jetzt so unmittelbar vor dem großen Ereignis deutlich spürbar, nicht nur bei Elsa, sondern auch bei ihrer ganzen Familie.

Die Jury ist schon fleißig daran, die Kreationen zu testen, die für den Backwettbewerb eingereicht wurden. Wir mischen uns unter das Publikum, das gespannt auf die Verkündung der Ergebnisse wartet.

Ich lasse meine Augen über die Menge schweifen und wundere mich, dass ich Piet nirgendwo entdecke. Da er nicht mit uns zusammen den Hof verlassen hat, dachte ich, dass er direkt vom Stand hierher zur Bar kommen würde.

In diesem Moment klingelt Ingas Handy. »Das ist Piet«, sagt sie, nachdem sie aufs Display geblickt hat. Sie nimmt den Anruf an. »Hallo Piet. … Was? Oh, das tut mir leid. Nein, ich … Ja, bis gleich.« Sie legt auf und sieht in die Runde. »Piet hatte Probleme mit dem Stand, doch jetzt ist alles gut, er ist auf dem Weg hierher. Mensch, er hat heute aber auch wieder Pech.«

Bei ihren Worten muss ich schlucken. Merkwürdig, also hatte seit unserem letzten Kuss nicht nur ich, sondern auch er Pech. Das würde ja bedeuten, dass …

Allzu lange kann ich darüber nicht nachdenken, denn bald stößt Piet zu uns. Er begrüßt alle und sieht dann mich an. »Hey«, sagt er sanft. Oh Mann, warum springt mein Herz wieder so heftig?

»Hey«, antworte ich nur und wende schnell den Kopf zur Seite. Ich kann das jetzt nicht. Außerdem geht es gerade nicht um uns beide, sondern einzig und allein um Elsa.

Und doch bin ich gedanklich ziemlich abgelenkt, sodass ich mich nicht wirklich auf das konzentrieren kann, was auf der kleinen provisorisch aufgebauten Bühne passiert. Ja, ich habe gesagt, dass ich Piet nicht mehr sehen will und dass jeder für sich sein Glück suchen soll. War das ein Fehler?

Auf einmal merke ich, dass es nun ernst wird und der Moderator kurz davor ist, den Namen des Gewinners bekanntzugeben. »Es war für die Jury keine einfache Entscheidung, das können Sie mir glauben, liebes Publikum«, sagt er und blickt beifallheischend in die Menge. »Mehr noch, es war ein wirkliches Kopf-an-Kopf-Rennen. Und so kann ich Ihnen mit Freude den Gewinner des Backwettbewerbs verkünden. Es ist …«

Er nestelt an einem roten Umschlag herum und scheint ihn erst nicht öffnen zu können. Man merkt ihm seine Nervosität schon auch an. Schließlich reißt er das Kuvert auf, zieht einen Zettel heraus und blickt noch einmal zu den Zuschauern. Langsam ist die Spannung kaum mehr auszuhalten. Er soll doch jetzt endlich sagen, wessen Name auf dem Papier steht.

»Also … wow, es ist … Elsa Sörens vom Syltseehof!«

Augenblicklich beginnen alle, begeistert zu klatschen und Elsas Namen zu grölen. »Das ist so toll«, ruft Lina. »Super, Elsa!«

Wir sind so voller Emotionen, dass Piet mich spontan in den Arm nimmt. Mist, das war nicht geplant. Schnell lösen wir uns voneinander.

Lina nimmt seine Hand und zieht ihn mit sich mit. »Komm, wir gehen zu ihr«, sagt sie, denn Elsa scheint noch gar nicht richtig zu kapieren, dass wirklich sie die Gewinnerin ist. Piet und Lina schieben sie gemeinsam auf die Bühne, wo sie von dem Moderator in Empfang genommen wird.

Nachdem er ihr den Gewinnerpokal überreicht hat, werden noch Fotos gemacht. Ich freue mich so sehr für Elsa, aber auch für alle anderen aus der Familie, denn der Sieg wird dem Hof wieder einen großen Bekanntheitsschub verleihen.

Während Elsa noch damit beschäftigt ist, verschiedenen Reportern und sogar einem Vertreter des Regionalfernsehens Interviews zu geben, kommen Lina und Piet zurück. Gemeinsam machen wir uns auf den Weg zu den Strandbuden. Inga und Papa haben sich bereit erklärt, sich am Stand des Syltseehofes um den Verkauf zu kümmern.

Die Stimmung ist gut, und so fällt es auch nicht auf, dass es zwischen Piet und mir so angespannt ist. Zudem versuche ich, es zu überspielen, indem ich mich staunend umsehe, während ich mit Lina, Piet und Hendrik von Stand zu Stand schlendere. Es ist wirklich eine Menge los. Ich hätte nicht erwartet, dass sich so viele Besucher auf diesem Fest tummeln würden.

»Bin gleich wieder da«, sagt Piet auf einmal. Er hebt die Hand und schiebt sich dann durch die Menge davon. Weg ist er. Gut, dann ist es eben so. Ich meine, was habe ich erwartet?

Ich beschließe, mich ebenfalls auszuklinken, und suche mir ein ruhiges Plätzchen am Meer. Mit geschlossenen Augen genieße ich die Stille, die mich abgesehen vom Rauschen der Wellen umgibt.

»Alles in Ordnung?«, höre ich auf einmal eine Stimme neben mir. Schnell öffne ich die Augen, es ist Heiner. Wie schön, ihn wiederzusehen.

»Ja, danke. Ich freue mich so sehr für Elsa, dass sie den Wettbewerb gewonnen hat. Hast du das mitbekommen?«

Er nickt. »Oh ja, das war wirklich eine tolle Leistung. Wir standen etwas weiter hinten, und ich wollte danach noch spazieren gehen.«

»Ja, ich hatte auch das Bedürfnis, ein bisschen ans Meer zu gehen.«

»Ganz allein? Wo ist denn Piet?«, will er wissen. »Ich dachte, ihr verbringt Zeit zusammen.«

Ich sehe ihn ernst an. »Keine Ahnung. Und nein, wohl eher nicht.«

»Oje, ich wollte nicht so direkt sein.«

»Kein Problem.« Ich winke ab und streiche mir die Haare aus dem Gesicht. »Eigentlich sollte es mir egal sein. Aber … keine Ahnung, vielleicht war es auch ein Fehler von mir. Tut mir leid, das ist eine lange Geschichte.«

»Ich habe es dir schon mal gesagt, dass ich immer gern zuhöre.«

Ach, was soll's, denke ich mir und erzähle ihm schließlich alles.

»Und jetzt ist es, wie es ist«, sage ich, als ich damit fertig bin. »Das alles hat mir wohl kein Glück gebracht. Ich hätte es wissen müssen.«

»Na ja, wenn du schon vom Glück sprichst, dann kann ich dir vielleicht helfen. Denn ich denke, dass es ein großes Glück ist. Hier habe ich was für dich.« Er zieht etwas aus seiner Hosentasche und reicht es mir.

»Was ist das?«

»Ein Bernstein, sehr selten. Ich habe ihn am Strand gefunden. Weißt du, ich glaube, du wirst Glück haben. Und ich denke auch, dass Piet dich wirklich mag. Manchmal sind Männer einfach nur verwirrt und wissen nicht, wie sie mit ihren Gefühlen umgehen sollen.«

Ich lächle schwach und streiche mit den Fingern sanft über den Bernstein. »Lieben Dank, Heiner. Aber ich bin mir nicht sicher, ob das noch etwas ändert. Jedenfalls freue ich mich sehr über dieses tolle Geschenk. Das ist schon etwas Besonderes.«

»Man bezeichnet Bernstein übrigens auch als *Syltseeglück*. Wusstest du das?«

Ich schüttle den Kopf. »Syltseeglück? Das ist ja lustig. Meine Freundin Bine hat mir auch gesagt, dass ich mir das Syltseeglück holen soll.«

»Na dann. Und das ist nicht das Einzige. Man sagt, dass der Bernstein das hervorruft, was man in den Tiefen der Seele begraben hat. Dinge, die tief sind wie das Meer.«

»Das klingt schön.«

»Ja, oder? Und wegen Piet: Ich denke, manchmal ist es viel einfacher, als man denkt. Reden hilft. Und das könnt ihr ja gleich mal machen.«

Ich sehe ihn fragend an und begreife seine Worte erst, als Piet auf einmal vor uns steht. »Störe ich?«, fragt er. Ich nicke, doch Heiner schüttelt den Kopf.

»Ja oder nein?«

»Ja!«, antworte ich energisch.

Heiner hebt die Hände hoch und grinst. »Ich bin dann mal weg«, sagt er, und mir bleibt nichts anderes übrig, als ihm nachzusehen, wie er davongeht.

Dann wende ich mich Piet zu und mustere ihn mit zusammengekniffenen Augen. »Was willst du?«

»Können wir kurz reden?«

»Worüber denn? Wir haben doch schon alles gesagt. Ich gehe jetzt auch.«

»Nein, geh bitte noch nicht. Warte.« Sichtlich nervös streicht er sich mehrmals mit der Hand über das Gesicht.

»Und warum?«

»Weil … weil ich finde, dass wir noch nicht alles gesagt haben. Und weil ich mit dir den Abend verbringen möchte. Das will ich die ganze Zeit schon. Ich weiß, was Kira zu dir gesagt hat, doch das ist Quatsch. Ja, sie hat sich bei mir gemeldet und auf mich eingeredet, aber ich habe ihr deutlich klargemacht, dass ich kein Interesse an ihr habe. Sie meinte dann, ich würde das schon noch bereuen. Und jetzt bist du sauer auf mich, weil sie dir Unsinn erzählt hat. Ich gebe zu, vielleicht war ich früher jemand, der sich auf nichts eingelassen hat. Doch dann bist du gekommen und hast alles durcheinandergebracht. Eines weiß ich sicher: Ich mag dich, Anni, sehr sogar. Das ist kein Spiel für mich.«

Er fährt sich mit beiden Händen durch die Haare. Inzwischen steht er dicht vor mir, aber ich weiche nicht zurück und wage es auch nicht, mich sonst irgendwie zu bewegen, sondern sehe ihn einfach nur an.

»Und ich mag dich nicht wegen irgendwas, wegen des Fluchs oder weil ich mir durch diese Küsserei das Glück zurückholen könnte, sondern einfach so. Ich bin glücklich in deiner Nähe, das reicht mir. Ehrlich gesagt war ich noch nie so glücklich.«

Meint er das wirklich ernst?

»Also, bitte geh heute Abend nicht, Anni. Ich möchte einfach mit dir zusammen sein und dich küssen, egal ob es Glück oder Pech bringt. Es ist schon Glück genug, dich gefunden zu haben, dafür nehme ich alles in Kauf, selbst wenn ich mal wieder einen Topf fallen lasse«, flüstert er und berührt dabei meine Wangen, mein Gesicht. Sein Blick ist tief und so voller Sehnsucht, dass meine Knie weich werden.

»Ich bin auch glücklich in deiner Nähe«, antworte ich leise, »obwohl deine Küsse wirklich …«

»Wirklich was? Komisch sind?«

Ich lächle. »Nein, sie machen mich verrückt, leider viel zu sehr. So sehr, dass ich nur noch an dich denken kann.«

»Das ist gut.«

Und dann beugt er sich zu mir vor und küsst mich. Es ist ein schöner Kuss, sanft und zugleich voller Verlangen. Ein Kuss, der mir so guttut, der mich glücklich macht und mein Herz wieder warm werden lässt. Ja, das Glück kann leicht sein. Wenn man es fühlt. Und genau das tue ich gerade.

»Und jetzt?«, frage ich ihn, als wir uns voneinander lösen.

»Jetzt gehe ich mit dir, wohin du willst. Hauptsache, wir verbringen den Abend zusammen. Denn mehr brauche ich nicht.«

*In diesem Moment bin
ich mir ganz sicher, dass
wir alles schaffen können.
Solange wir es gemeinsam tun.*

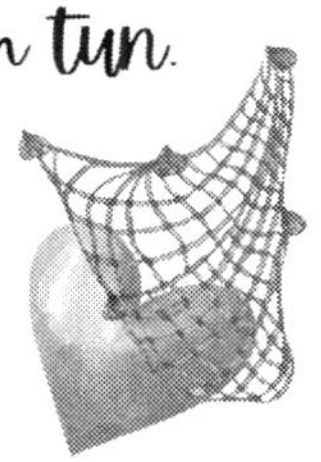

Bereit für alles, was kommt

Als ich am Morgen aufwache, liegt Piet neben mir und sieht mich mit sanftem Blick an. »Moin.«

»Moin, ist das ein Traum?«, murmele ich. »Oder ist das alles wirklich passiert?«

Er lacht. »Ja, vermutlich. Und es war lustig. Du warst echt mutig und unerschrocken.«

Sofort sind da Tausende von Erinnerungen an die letzte Nacht. Wie schön es mit Piet war. Uns zu küssen, uns zu berühren. Wie wir noch gefeiert haben. All die Liebe der Menschen. Dazu Papa und Inga, die sich ebenfalls küssten.

»Die Nacht war auch wunderschön«, sagt er leise. »Daran könnte ich mich gewöhnen. Ans Glücklichsein. An das Syltseeglück.«

»Ja, das Syltseeglück, du sagst es. Meinst du, wir kriegen das hin?«

Piet legt den Kopf schief. »Wir haben einen Fluch besiegt. Warum sollen wir dann das nicht hinkriegen? Es liegt ja nur an uns.« Seine Augen sind voller Hoffnung und Ehrlichkeit.

»Das wäre schön«, flüstere ich.

Er streicht mir eine Haarsträhne aus dem Gesicht. »Glück ist das, was wir daraus machen. Und ich denke, mit dir an meiner Seite haben wir eine ziemlich gute Chance.«

Lächelnd zieht er mich näher zu sich und küsst mich zärtlich. Die Welt um uns herum scheint stillzustehen, und in diesem Moment weiß ich, dass wir alles schaffen können. Solange wir es gemeinsam tun.

»Was ist denn hier los?«, fragt Piet, als wir am Hofladen ankommen. Wir haben uns noch einen schönen Tag gegönnt und nicht damit gerechnet, dass uns jetzt so ein hübsch gedeckter Tisch erwartet.

»Es ist ja auch ein Abschiedsessen«, erklärt Inga.

»Ja, leider.« Papa seufzt, und ich merke, wie schwer es auch ihm fällt. Er hält Ingas Hand, während Elsa auf das unglaubliche Büfett deutet.

»Meine Kreationen sind neuerdings preisgekrönt, wie ihr wisst.«

»Oh ja, das wird mir auch fehlen.«

Und so sitzen wir zusammen und genießen die köstlichen Speisen. Die Zeit verfliegt.

Nach dem Essen brechen Piet und ich noch zu einem Spaziergang auf. Während wir Arm in Arm den Strand entlanggehen, muss ich daran denken, was gewesen war, bevor wir auf die Insel kamen. Dass ich gedacht hatte, dass ein Fluch auf mir liegen könnte, und wie sehr mich das beeinflusst hatte. Aber jetzt, wo ich hier stehe und zusammen mit Piet hinaus aufs Meer blicke, begreife ich, dass der Fluch nie wirklich existiert hat.

»Heiner hat mir diesen Bernstein gegeben«, sage ich und halte den kleinen Stein gegen das Licht. »Er sagte, er würde mir Glück bringen.«

Die untergehende Sonne taucht den Himmel in ein warmes Orange, und ich atme tief ein. In diesem Moment wird mir klar, dass das Glück nicht von einem Stein abhängt, sondern von den Entscheidungen, die wir treffen, und von der Liebe, die wir zulassen.

»Das glaube ich auch«, antwortet Piet. »Und ich freue mich auf die Zukunft, darauf, sie gemeinsam mit dir zu erleben. Ohne Flüche, ohne Ängste, nur mit Liebe und Mut.«

Gemeinsam blicken wir in die Ferne bis zum Horizont, bereit für alles, was kommt. Wer weiß, was die Zukunft für uns vorgesehen hat. Es gibt ja schließlich auch auf Sylt jede Menge Hotels, die vielleicht mal eine neue Mitarbeiterin brauchen.

Die Wellen rauschen leise an den Strand, und ich fühle mich frei. Frei und bereit für ein neues Kapitel. Und ich spüre Glück in mir. Syltseeglück.

ENDE – UND DOCH ERST DER ANFANG …

Danke

Melde dich auf meiner Website michelleschrenk.de für den Newsletter an und verpasse in Zukunft keine Neuigkeiten mehr. Als Dank für deine Treue bekommst du dort kostenlose Bücher und Bonuskapitel.

***

Meine liebe Leserin, mein lieber Leser,
an dieser Stelle möchte ich dir vielmals danken, dass du dieses Buch gelesen hast und meine Bücher liebst. Ich hoffe, dir hat diese Geschichte Freude bereitet. Vielleicht hat sie dein Herz berührt, und ich konnte dich für kurze Zeit aus dem Alltag entführen. Es ist einfach wundervoll, dass du mich auf dieser Reise begleitest. Ich liebe den Austausch mit euch allen, egal auf welchem Weg. Schreibe mir also immer gern. Falls du mir mal zufällig irgendwo begegnen solltest, kannst du mich natürlich auch jederzeit ansprechen. ☺

Wenn dir diese Geschichte gefallen hat, dann lass es mich doch bitte wissen. Schreibe mir gern eine Rezension bei Amazon, denn das ist ganz wichtig für uns Autoren. Besuche mich auf Facebook und Instagram oder folge mir auf Amazon. Werde einer meiner Insider auf WhatsApp, dort gibt es immer ganz besondere News. Ich lasse dich an Coverabstimmungen teilhaben, oder wir plaudern einfach ein wenig. Hinterlasse ein Däumchen oder einen Kommentar, wie und wo auch immer. Ich freue mich über jede Rückmeldung.

Ganz lieben Dank!
Deine Michelle

Im Anschluss findest du weitere Bücher von mir, die ich dir ebenfalls ans Herz legen möchte.
Mehr über meine Bücher auch auf meiner Website michelleschrenk.de.

KENNST DU SCHON DIE SYLTSEELIEBE?

»Syltseeliebe« ist der Auftakt zu meiner neuen Inselreihe »Verliebt auf Sylt«, der dir nicht nur ein Lächeln ins Gesicht zaubert, sondern auch dein Herz im Sturm erobert – manchmal schneller als eine Flutwelle auf Sylt!

Lina Sörens gibt alles, um den alten Syltseehof nach dem Tod ihres Vaters zu erhalten. Doch selbst zwei Jahre später scheint das Glück ihnen nicht hold zu sein. Der Hof könnte gerettet sein, als er als Drehort für einen Film auf Sylt ausgewählt wird. Aber da gibt es ein kleines Problem: Linas Bruder hat sich mit dem Hof ohne Wissen der Familie beworben! Als wäre das nicht genug, taucht plötzlich Hendrik auf, ein charmanter Schauspieler, der sich auf seine Rolle vorbereiten will. Lina ist alles andere als begeistert, denn noch ein Störenfried ist das Letzte, was sie braucht. Ihn loszuwerden, wird ihr Plan A. Doch dann spielt ihr Herz plötzlich verrückt und sorgt für jede Menge Wirbel in ihrem Leben.

Ein hinreißender Wohlfühlroman zum Träumen, voller Liebe und Meer.

MEERESRAUSCHEN, SAND ZWISCHEN DEN ZEHEN,
EINE PRISE SEELUFT UND JEDE MENGE HERZKLOPFEN

VERLIEB DICH IN SYLT – VERLIEB DICH IN DAS

Café mit Sylt und Zucker

Das Meer hat es mir schon immer angetan. Zu gern träume ich mich dorthin. Deswegen liebe ich es auch, Geschichten zu schreiben, die am Meer spielen.
Mit meiner Buchreihe »Café mit Sylt und Zucker« erlebst du Geschichten fürs Herz, humorvoll und mit liebenswerten Charakteren. Träume dich einfach weg und vergiss den Alltag.

Bislang sind folgende Bände erhältlich:
Band 1: Glück kommt selten allein
Band 2: Unverhofft kommt oft
Band 3: Liebe kommt vor
Band 4: Kommt Zeit, kommt Kuss
Band 5: Kein Gefühl kommt ohne Grund
Band 6: Das Beste kommt zum Schluss

WO DER SOMMER EWIG IST

Marit Bernson / Michelle Schrenk

Usedom – genau dort war Katja einst glücklich. Das scheint lange her zu sein, und sie hat auf die Insel so viel Lust wie Schneemänner auf den Sommer. Mit einem Trick lockt ihre Oma sie in das einstige Zuhause, wo aufgerechnet auch noch Katjas Mutter auf sie wartet. Nichts wie weg.
Doch so manches Wunder kommt unerwartet – ob man daran glaubt oder nicht. Zum Beispiel in Form einer Möwe, die dringend Katjas Hilfe braucht. Und nicht zu vergessen Keen, der mit seinem hartnäckigen Charme Katjas Herz höher schlagen lässt. Aber alte Wunden heilen schlecht, wenn man sich nicht mit ihnen auseinandersetzt. Wird Katja es schaffen, sich ihrer Vergangenheit zu stellen, um für ihre Zukunft gewappnet zu sein?
Ein Roman über Verlust, Hoffnung und Liebe. Und über die Magie von Orten, die wir immer im Herzen tragen. Denn mal ehrlich - wünscht sich nicht jeder einen Ort, an dem der Sommer ewig ist?

»Bis ans Ende des Meeres«, Band 2 der Buchreihe, erscheint Anfang des Jahres 2025.

DARF'S EIN BISSCHEN MEER LIEBE SEIN?

Um das Chaos in ihrem Leben hinter sich zu lassen, beschließt Kati, Urlaub an der Ostsee zu machen und dort ihre beste Freundin Nele zu besuchen. Denn manchmal muss es doch ein bisschen mehr, ähm, Meer sein, oder?

Schon bei ihrer Ankunft stößt sie mit dem viel zu rauen, viel zu bärtigen und viel zu großen Keno zusammen, der sich dann auch noch als ihr Nachbar entpuppt. Von der erhofften Entspannung scheint nun nicht mehr viel übrig zu sein. Im Gegenteil, der Kerl ist die absolute Katastrophe und ganz und gar nicht Katis Fall. Mehr darf es für sie in Sachen Liebe, Romantik und Erholung schon sein, aber nicht mehr in Sachen Keno.
Doch manchmal hat das Leben seine ganz eigenen Pläne – und das Meer sowieso …

LANDLUFTKÜSSE UND ANDERE MISSGESCHICKE

Eigentlich hat Stadtmädchen Katja mit Kühen und dem Landleben im Allgemeinen so viel am Hut wie mit Gummistiefeln. Deswegen ist sie ziemlich genervt, als sie von ihrem Chef für einen Auftrag aufs Land geschickt wird. Sie soll einem Grundstücksbesitzer dort eine Unterschrift entlocken und etwas mehr über ihn herausfinden. Arbeit als Urlaub getarnt? Warum nicht.

Doch kaum ist Katja an ihrem Zielort angekommen, folgt ein Missgeschick dem anderen. Der exklusive Wellnessgasthof, in dem ihre Freundin Mimi ein Zimmer für Katja reserviert hat, entpuppt sich als stinknormaler Ferienbauernhof. Und er gehört ausgerechnet Kristof, dem unfreundlichen Kerl auf dem Traktor, mit dem Katja schon bei ihrer Ankunft aneinandergeraten ist. Woher sollte sie aber auch wissen, dass man nicht in eine Blumenwiese fahren darf, um einem Kuhfladen auszuweichen? Zu allem Übel ist Kristof auch noch derjenige, auf den ihr Chef sie angesetzt hat. Was bleibt ihr also anderes übrig, als sich mit ihm zu arrangieren?

Wäre da nur nicht Mimis bescheuerte Idee, die ganz unerwartet alles durcheinanderbringt. Genau wie die Tatsache, dass irgendwas in der Landluft liegt und Kristof leider ziemlich gut küssen kann …

LIEBE, SCHAF UND SCHOTTENROCK

Manchmal führt ein falscher Klick zum richtigen Ort …
Schottische Küsse und Chaos: Eine romantische Komödie ohne Plan.

Warum sich Amelie Liebig zu einem Urlaub überreden lassen hat, weiß sie ehrlich gesagt nicht mehr. Ach ja, ein hammermäßiges Cottage und Erholung? Doch was passiert, wenn man als Planungsfreak etwas aus der Hand gibt? Richtig, alles geht schief. Nicht nur, dass sie alleine im Flieger sitzt, weil sich ihre Freundin kurz vor der Reise ein Bein bricht, nein, auch das scheinbar perfekte Cottage, das sie erwartet, entpuppt sich als Katastrophe mitten in der Einöde – inklusive eines kuscheligen Schafs als Mitbewohner. Und als wäre das nicht schlimm genug, trifft Amelie auch noch auf Jamie, vor dem sie sich im Flugzeug blamiert hat. Er heißt nicht nur wie der Schwarm aus ihrem Lieblingsbuch, sondern treibt sie mit seiner lässigen Art ziemlich zur Weißglut. Amelie will ihn eigentlich meiden, doch wer konnte schon ahnen, dass ihm erstens Schottenröcke so gut stehen und er zweitens so gut küssen kann …
Eine romantische und humorvolle Liebesgeschichte mit Happy-End-Garantie und Cottage-Romantik.

Printed in Poland
by Amazon Fulfillment
Poland Sp. z o.o., Wrocław

53027032R00146